Cornwall College
Was verbirgt Cara Winter?

Annika Harper studierte Anglistik in Hamburg und London und arbeitet als Übersetzerin und in einem Chocolate Shop. Sie lebt mit ihrem englischen Mann, zwei Kindern und drei Hunden in einem Cottage in Cornwall. „Was verbirgt Cara Winter" ist ihr erster Roman und der erste Band der Serie „Cornwall College".

Annika Harper

Was verbirgt Cara Winter?

Inhalt

Aufbruch in ein neues Leben

Glimmer, Glitter, Girls-Talk

Quer durch Cornwall

„Nana, bitte! Ich halte das hier nicht mehr aus. "

„Nein, nein und nochmals nein. Ich habe es dir erklärt. "

„Aber was soll das denn für ein Leben sein? Ich will raus. Ich will auf eine richtige Schule. Ich will lernen. Ich will Freunde! "

„Ich muss schon sehr bitten, young lady, dein Ton! "

„Entschuldige … Aber stell dir doch mal vor, wie schön das wäre: Ich wäre frei von dem ganzen Familienkram, wie ein neuer Mensch! Und … und … und …
Und außerdem vermisse ich England.
… Nana? Warum seufzt du?
… Alles in Ordnung? "

„Very well. Aber zu meinen Bedingungen. "

Aufbruch in ein neues Leben

Es geht los!

eine Großmutter ist Engländerin. Gefühlsausbrüche liebt sie nicht.

Also atmete ich tief ein, um auch wieder tief ausatmen zu können. Meine Stimme war ganz ruhig, als ich sagte: „Und außerdem vermisse ich England."

Das war mein letzter Trumpf. Und damit hatte ich sie.

Meine halbe Verwandtschaft kommt aus England. Also, die Seite meiner Mutter jedenfalls. Weshalb Nana mich keinen Tag vergessen lässt, dass in meinen Adern britisches Blut fließt. Und nun keimte in ihr die Hoffnung, dass die fünfzig Prozent deutsches Blut meines Vaters ebenfalls britisch werden könnten, wenn ich in ein englisches Internat ginge.

Trotzdem gab es noch Diskussionen.

„Aber Nana." Ich seufzte. „Wie sieht das denn aus, wenn ich mit einem Trupp von vier Mann dort ankomme?"

„Nun übertreib bitte nicht!" Nana hob die Augenbrauen. „Zwei würden perfectly genügen. Carl und Heinrich begleiten dich zum Flughafen."

„Das ist aber doch auch eher ungewöhnlich, oder? Reisen die anderen Mädchen nicht allein?" (Wir leben ja nicht im 18. Jahrhundert!)

Meine Großmutter machte nur „Ts" und vertiefte sich wieder in ihre Times. Was bei ihr locker als „Du hast Recht" gewertet werden konnte. Gewonnen, schon wieder!

Tja, und so stehe ich nun tatsächlich hier. Am Flughafen Hamburg, auf dem Weg nach London. Mein Herz macht einen Hüpfer, als ich die großen Lettern am Eingang sehe.

Neben mir wuchtet Carl das Gepäck aus dem Auto. Ich nicke ihm zum Abschied zu und will gerade losziehen, als er mich plötzlich ungeschickt umarmt. „Viel Glück im Cornwall College! Mach's gut!"

Spinnt der? Stocksteif bleibe ich stehen. Nana würde längst in der Handtasche nach ihrem Riechsalz tasten, vielleicht noch ein dezentes „I am NOT amused!" hauchen. Als Engländerin hält sie nicht viel von sichtbaren Gefühlen. Schon gar nicht zwischen uns und Angestellten wie Carl. Sie hält auch nicht viel von Diskussionen oder aufbrausenden Worten. Ihrer Meinung nach sind blitzende Blicke perfectly fine verständliche Kommentare.

„Danke!", antworte ich schroff und winde mich entschieden aus der Umarmung. Ich versuche, höflich, aber distanziert zu lächeln. Ganz Nanas Enkelin: Immer die Contenance wahren! „Ich bin ja in den Ferien wieder da."

„Natürlich." Carl tritt sofort einen Schritt zurück. „Selbstverständlich." Er hebt kurz die Hand zum Gruß, steigt in den Wagen und fährt endlich los.

Keine schlechte Idee: Hinter ihm hupen schon zwei Taxis, die vor der Eingangshalle ihre Kunden entladen wollen.

„Sieh zu, dass du Land gewinnst, du Affenhintern!" Der eine Fahrer (Pferdeschwanz, Elf-Tage-Bart, verwaschenes Sweatshirt – Nana hätte sich geweigert, in sein Taxi überhaupt nur einzusteigen) hängt mit wild geballter Faust aus dem Fenster. „Kannst du nicht lesen? NUR FÜR TAXIS!", ruft er Carl nach. „Fetter Benz und schon denken die, die können sich alles erlauben!"

Eilig schnappe ich meine beiden Rollenkoffer, schlüpfe in die große Drehtür, trippele weiter, bis sich die andere Seite vor mir öffnet, mache einen großen Schritt heraus und stehe – swusch! – in der riesigen Abflughalle, die alle Geräusche von draußen komplett verschluckt.

Aaaah! Das ist sie also, die große, weite Welt!

Keep calm and ignore

Endlich allein. Ohne auch nur einen einzigen Babysitter an meiner Seite. Stattdessen zwei vollgepackte Koffer rechts und links, die aufgrund von Überfüllung wahrscheinlich gleich explodieren werden.

In dem einen Koffer sind Dinge, die *ich* mitnehmen wollte. Im anderen sind die Sachen, von denen Nana glaubt, dass ich sie *gut brauchen* könnte: zwei grauenvolle englischgrüne Wachsjacken, ungefähr fünftausend Paar schwarze Kniestrümpfe für die Schuluniform und unfassbar hässliche Blusen und Unterhemden. Ach, was soll's! Koffer zwei werde ich einfach gar nicht erst auspacken.

Glücklich atme ich durch. Hach!

So lange hab ich darauf gewartet! Dieses Gewusel, all das bunte Leben …

„Hey, junge Dame, geht's vielleicht mal weiter?"

Irgendjemand stupst mich in den Rücken.

„Au!" Verdutzt drehe ich mich um.

Eine Familie drängelt hinter mir mit zwei kleinen Kindern im Schlepptau … und – uiii – bleibt gerade in der Drehtür stecken. Ups – doch nicht etwa meinetwegen?

Der Vater guckt mich an wie der Wolf, der das kleine Rotkäppchen fressen will. „Sehr intelligent, einfach stehen zu bleiben! Hier wollen noch mehr Leute rein. Schon gemerkt?"

Äh, ja – jetzt schon.

Ich zerre eilig meine beiden Koffer ein Stück weiter. Leider hilft das nicht viel. Die Drehtür ist inzwischen komplett stehen geblieben. Familie Wolf kommt nicht vor und nicht zurück. Der Vater blitzt mich aus genervten Augen an.

„Tut mir leid!", murmele ich eilig und mache mich unauffällig aus dem Staub. Aus den Augenwinkeln sehe ich Vater Wolf an einer in der Drehtür verkanteten Reisetasche zerren. Mutter Wolf – mit einem heulenden Baby-Wolf auf dem Arm – versucht, ihn zu beruhigen, während ein kleiner Kindergarten-Wolf begeistert mit der Zunge Spuckebilder an die Drehtürscheiben malt.

„Lässt du das wohl bleiben!", schreit Mama Wolf. „Das ist unhygienisch!"

Ein paar Leute bleiben stehen und gucken.

Ich gucke nicht. (Nur noch ein letztes Mal ganz unauffällig.) Erstens fühle ich mich wie der letzte Tollpatsch und zweitens höre ich Großmutter Nana im Geiste auf mich einreden: *„Keep calm and ignore! Ruhig bleiben und ignorieren! Eine Lady lässt sich nicht in Auseinandersetzungen verwickeln!"* Ich schätze, ihre Stimme werde ich mein Leben lang nicht aus dem Kopf kriegen.

Also marschiere ich würdevoll weiter, als sei nichts passiert. Bis mir einfällt, dass ich nicht mal weiß, wo ich eigentlich hinwill. Hier sind überall so viele Menschen. Und Schalter. Und elektronische Tafeln. Puh! Was hat mir Miss Gwynn noch mal aufgeschrieben?

Ich bleibe stehen, krame in meiner kleinen Rucksackhandtasche und hole den Zettel raus.

Mit British Airways nach London Heathrow. Abflug 11 Uhr 25.

Wie spät ist es jetzt? Kurz vor 10. Reichlich Zeit. Da steht noch was:

Am Schalter Koffer einchecken
Dann Sicherheitskontrolle

Die gute Miss Gwynn! Was würde ich nur ohne sie tun!

Okay. Das kann ja nicht so schwer sein. Ich gucke mich suchend um.

Hm… Und wo checkt man jetzt die dämlichen Koffer ein? Gibt's hier keinen, der einem das abnimmt?

In einer Schlange vor einem der Schalter fällt mir ein dunkelblond verwuschelter Junge auf, der zu mir rübergrinst. Was hat der denn? Stimmt was nicht?

Ich gucke automatisch an mir runter. Hab ich vergessen, meine Bluse richtig zuzuknöpfen? Ist der Hosenschlitz meiner Jeans auf? Pappt ein Schild HAT KEINE CHECKUNG AUF EINEM FLUGHAFEN auf meiner Stirn?

Als ich auch meine Stirn abgetastet habe (nur für alle Fälle), ärgere ich mich ein bisschen über mich selbst und nehme mir vor, das nächste Mal sofort auf Nanas Stimme in mir zu hören. *Ignorieren!* Ganz genau! Was interessiert es mich, wieso der Kerl grinst?

Ich drehe mich entschlossen weg und konzentriere mich wieder auf Miss Gwynns Zettel. *British Airways. Am Schalter Koffer einchecken.* Aha, ich muss also den Schalter meiner Fluggesellschaft finden.

Ich scanne mit den Augen schnell die verschiedenen Namenszüge ab. Flybe, Ryanair, British … Ah, da haben wir dich ja! Ein Schalter mit einer superlangen Schlange …

Und – ups! – den blonden Typen haben wir auch wieder! Er hievt gerade seinen schwarz metallic glänzenden Schalenkoffer auf das Rollband. Jetzt sagt er etwas zu der Frau hinter dem Schalter. Sie lachen.

Pfff! Mir doch egal, wo jemand steht! Oder hinfliegt. Oder lacht. Oder sich jetzt komisch zu mir umdreht.

Schnell schaue ich weg und gucke in der Halle herum, als seien die anderen Reisenden wahnsinnig interessant. So lange wird der Blonde zum Einchecken ja wohl nicht mehr brauchen.

Als er endlich auf dem Weg zu dem langen Gang ist, über dem ein Schild PASSKONTROLLE hängt (muss ich da auch hin?), gehe ich rüber zur Schlange, die inzwischen zum Glück schon wesentlich kürzer geworden ist.

„Ich habe leider keinen Fensterplatz mehr", teilt mir die Schalterdame mit, nachdem sie meine Koffer in Empfang genommen hat. Sie sieht allerdings nicht so aus, als ob sie das sehr bekümmern würde.

„Nicht?", wiederhole ich verblüfft. Ich sitze im Flugzeug *immer* am Fenster.

„Nein", bestätigt die Dame und händigt mir einen Pappschein aus, auf dem viele Zahlen stehen, „dafür bist du ein bisschen spät. Ich habe nur noch Gangplätze."

„Oh."

Ein wenig überrascht nehme ich den Schein in Empfang und trotte brav in die Richtung, die mir die Dame weist. Dorthin, wo auch der Junge entschwunden ist.

Durch den Sicherheitscheck schlüpfe ich ohne Probleme – ich stehe nicht auf Schmuck und Klimbim, also geht kein Alarm los. Den Dunkelblonden kann ich nirgends erblicken. Umso besser! Das wär also geschafft.

Doch auf einmal wird das Gewirr noch bunter: Geschäfte und Cafés, Schuhputzer, Massagesessel, ein nagelneues Strahleauto mitten im Raum und vor allem Menschen, Menschen, Menschen.

Ich will gerade eine Buchhandlung ansteuern, um mir was zum Lesen auf dem Flug zu kaufen, da sehe ich einen Brezelverkäufer.

Mmmh! So viele Eindrücke machen hungrig. Mehr als eine halbe Schüssel Cornflakes hab ich heute früh vor Aufregung nicht heruntergebracht.

Zielsicher stapfe ich auf den Verkäufer zu.

„Eine Brezel, bitte!", sage ich feierlich.

Hihi, wenn Nana mich jetzt sehen könnte! Die hält nicht viel von Straßenverkäufern. Genau genommen gar nichts.

„Sehr gern!" Der dunkelhaarige Mann holt eine Brezel aus dem Ofen und hält sie mir auf einer Papierserviette entgegen. „Das macht zwei fünfzig."

Mmmh, riecht das lecker!

Freudig strecke ich meine Hand aus, da reißt der Mann seine leider wieder weg und hält das duftende Gebäck hoch.

He! Was fällt dem ein?

„Zwei Euro fünfzig!", wiederholt er.

Huch?

Ach so, ja klar, bezahlen!

Nana hat mir ja extra eine Karte gegeben, falls etwas Unvorhergesehenes passieren sollte. Und so ein Brezelkauf ist natürlich etwas Unvorhergesehenes.

„Einen Moment." Ich krame wieder in meiner Handtasche.

„Hier, bitte!" Stolz präsentiere ich dem Mann meine nagelneue Kreditkarte.

„Soll das ein Witz sein?", raunzt mich der Verkäufer an. „Oder hängt vielleicht hier irgendwo ein EC-Gerät an meinem Ohr?"

Wie bitte? Ähm, wie meint er *das* denn?

Ein Kichern hinter mir lässt mich herumfahren.

Nein! Nicht schon wieder *der*!

Von vorne donnert erneut die genervte Stimme in mein Gesicht: „ZWEI EURO FÜN…"

„Jaja, ich hab's ja gehört!", unterbreche ich ihn, nicht allzu höflich.

Wo soll ich denn jetzt Geld herkriegen?

Der Brezelmensch runzelt böse die Stirn und holt Luft – als der Blonde ihm lässig einen Geldschein rüberreicht. „Stimmt so."

Der Junge will bezahlen? Für *mich*? Das geht doch nicht! Und – hä? – war das etwa ein Zehn-Euro-Schein? Der gibt diesem ungehobelten Kerl *sieben Euro fünfzig* Trinkgeld? Ganz sicher bin ich mir nicht, aber das kommt mir doch etwas großzügig vor ...

„Na, wird's bald?", pampt der Verkäufer mich an und wedelt mit der Brezel herum.

Was mach ich denn jetzt? Etwas unentschlossen nehme ich sie entgegen.

Der Brezelmann schiebt mit reichlich Kopfschütteln seinen Wagen weiter. Also echt! Was will der denn noch? Er hat *zehn* Euro für sein dummes Gebäck bekommen! Der sollte sich lieber mal bedanken, statt so mit dem Kopf zu wackeln!

„Ich – äh – ich zahle dir das natürlich zurück", murmele ich hastig in Richtung dunkelblonde Strubbelhaare.

Nur wovon? Kriegt man auf dem Internat eigentlich Taschengeld? Ich müsste ihn wohl dann mal nach seiner Adresse fragen, um das Geld zu überweisen.

Umpff! Hoffentlich versteht der die Frage nicht falsch!

Doch der Junge macht bloß eine wegwerfende Handbewegung.

„Kleine Fische!", grinst er lässig. „Lass es dir schmecken!"
Und schon hat er seine Laptoptasche geschultert und geht
ohne ein weiteres Wort weiter.

Was für ein Großkotz! Ich starre ihm ebenso wortlos nach.
Doch dann beiße ich endlich in die Brezel.

Was soll ich auch sonst tun?

Na gut, lecker ist die tatsächlich.

Während ich kaue, beobachte ich den Jungen weiter hinten
in der Halle. Er bleibt an einem Kiosk stehen, greift sich
eine Zeitschrift und schiebt wieder einen Schein rüber,
ohne auf das Wechselgeld zu warten. Tsss, was denkt der, wer
er ist? Der Sohn eines arabischen Scheichs?

Egal. Ich sollte froh sein. Angeber hin oder her – der Typ hat
mich gerettet. Der Verkäufer hätte bestimmt noch zehn Minuten weitergeschrien und den ganzen Flughafen auf mich
aufmerksam gemacht. Das wäre dann wohl das Gegenteil
von dem, was Nana unter *sich einfügen* und *unauffällig sein*
versteht. Aber ob sie damit einverstanden wäre, dass ich
mich von einem wildfremden Kerl einladen lasse?

Seufz.

Was zum Lesen kann ich mir jetzt auf jeden Fall abschmin-
ken. Und auch in den Modeschmuck-Krimskrams-Laden
trau ich mich nicht mehr. Die wollen meine Karte garantiert auch nicht haben. Wieso hat Nana mir bloß kein Bar-

geld mitgegeben? Meine Großmutter scheint zu denken, dass man auf Reisen absolut nichts braucht. Oder nichts brauchen sollte.

Schade eigentlich. Jetzt endlich hätte ich mal die Möglichkeit, in Ruhe zu shoppen. Nana würde mich ja am liebsten selbst beim Einkaufen unter Polizeischutz stellen. Ganz zu schweigen von ihren missbilligenden Blicken und ihrem Lieblingssatz: „Das brauchen wir nicht."

Ich schnuppere an einer Granatapfel-Körperbutter und stelle sie dann wieder bedauernd zurück.

Was stand noch mal auf der Karte, die ich beim Einchecken bekommen habe?

Gate 14.

Meine Güte, ist doch alles ziemlich aufregend!

Ich suche das richtige Gate, an dem ich auf meinen Abflug warten muss. Und als ich nach der kurzen Passkontrolle auf meinen Sitzplatz plumpse, wer sitzt mir da schräg gegenüber am Ende der Reihe?

Mr Angeber. Oh nee!

Zum Glück ist er tief in die Lektüre seiner Zeitschrift versunken.

Die nächste Stunde schaue ich wie gebannt auf die große Tafel mit den Abflügen. Ich traue mich nicht mal, zur Toilette zu gehen, aus Angst, meinen Flug zu verpassen.

Endlich wird das Gate geöffnet und die Leute stellen sich in einer Reihe auf, um durch den Schalter zu gehen. Artig stelle ich mich dazu.

Nur der Junge rührt sich nicht. Seelenruhig liest er weiter, als ginge ihn das alles nichts an. Erst in allerletzter Sekunde, als auch der letzte Fluggast rüber zur Flugschleuse gegangen ist, kann ich aus den Augenwinkeln sehen, wie er fast gelangweilt ebenfalls rüberschlendert.

Im Flugzeug halte ich nervös Ausschau nach meinem Platz. Was für eine Erleichterung! Ich sitze nicht neben Mr Kleine-Fische. Eine alte Dame hat den Platz am Fenster. Schnell tauche ich auf meinen Sitz ab.

Meine süße Nachbarin fängt schon an zu plauschen, bevor wir uns überhaupt die Sicherheitsgurte umgeschnallt haben. Wie nett!

Doch dann: Auftritt Mr Cool! Er betritt als letzter Passagier die Maschine und sagt etwas zu der Flugbegleiterin, die als Antwort schrill kichert. Fängt der schon im Flugzeug an zu flirten?

Ich ziehe meinen Kopf ein, als er sich zum Gang dreht.

Doch der Junge hat offensichtlich seinen Sitzplatz in der ersten Reihe und würdigt die anderen Mitreisenden keines Blickes.

Als die Maschine startet, seufze ich laut auf.

„Flugangst?", fragt die alte Dame neben mir und lächelt mich aufmunternd an. „Du brauchst dir keine Sorgen zu machen. Ich bin vor drei Jahren schon einmal geflogen, ist alles halb so schlimm. Auto fahren ist viel gefährlicher."
Ich lächele freundlich zurück.
Angst vorm Fliegen? Quatsch. Ich kann gar nicht mehr zählen, wie oft ich schon geflogen bin. Aber noch nie in so einem großen Flugzeug.
Und noch nie in ein neues Leben!

Mr David Dunbar

London Heathrow ist mindestens hundert Nummern größer als der Hamburger Flughafen. Blinkende Leuchtreklamen und dröhnende Lautsprecheransagen überspülen mich. Und überall sind Menschen, unfassbar viele Menschen. Ich fühle mich plötzlich doch etwas verloren. Für eine kleine Sekunde wünsche ich mich fast zurück zu Nana, zurück in mein altes beschütztes Leben.

Der Moment vergeht. Ich lasse mich von der Menge zum Gepäckband treiben, am Zoll vorbei, in Richtung Ausgang.

„Mr Dunbar wird in Heathrow in der Ankunftshalle auf dich warten", hat Miss Gwynn mir eingeschärft.

Leider habe ich vergessen zu fragen, wo genau er wartet. Irgendwie hatte ich nicht erwartet, dass hier alles sooo riesig ist. Wenigstens habe ich auch Prinz Protz gleich nach der Landung aus den Augen verloren.

Ich stelle meine Koffer ab und gucke mich ratlos um.

Dort, wo die Passagiere in die Ankunftshalle strömen, warten eine Menge Menschen mit Namensschildern in der Hand. Manche schwenken sie sogar hoch über ihren Köpfen. Aber Mr Dunbar wird ja wohl kaum meinen Namen hochhalten?

David Dunbar ist ein alter Bekannter von Nana aus der Zeit, als sie noch in London lebte. Also bevor meine Eltern verunglückt sind und Nana es deswegen für ihre Pflicht hielt, nach Deutschland zu ziehen, um meine Erziehung zu übernehmen. Er ist Jurist und regelt einiges für meine Großmutter, glaube ich. Jedes Mal, wenn sie in London ist, besucht sie ihn.

Natürlich war ich nie dabei. Und ein Foto von ihm habe ich auch nie gesehen. Dumm – sonst wüsste ich, wie er aussieht. Auf jeden Fall wird er wohl in etwa Nanas Alter haben, die beiden kennen sich schon ewig.

Ich halte also nach einem langweilig-seriös aussehenden Mann (Anwalt!) mit weißen Haaren (Nanas Alter) Ausschau. Als ich mit den Augen die langen Reihen abtaste, muss ich grinsen. Ich mag die Engländer – ehrlich, ich bin ja selbst halbe Engländerin –, aber ich finde immer wieder, dass man die englischen Männer im Großen und Ganzen in drei Typen einteilen kann:

1. Der aristokratische Typ: groß, schlank, lange, dünne Nase, oft gut aussehend. Prinz Philip eben.

2. Der Typ englische Bulldogge: klein, aber massig. Vor allem der Oberkörper. Sozusagen ein Mensch in Dreiecksform mit der Spitze nach unten. Die Muskeln aufgebläht und gerne noch reichlich Tattoos, wo immer Platz ist. (Bei so viel Masse gibt's davon reichlich.)

Und 3. Der Phil-Collins-Typ: klein, schmächtig, blass. Häufig rote Haare.

Schublade auf – Schublade zu.

Kurz kann ich in der Menge Mr Kleine-Fische sehen, dann taucht sein blonder Kopf wieder ab. Puh!

Meine Augen fliegen über die Schilder, aber mein Name ist natürlich nicht dabei.

Ups – oder doch? Da steht „Miss Winter".

Fast hätte ich es überlesen.

Kein Wunder.

Ich muss grinsen. Miss Winter! Ich sollte mich schnellstens daran gewöhnen.

Die Engländer haben echt noch nicht viel von Gleichberechtigung gehört. Die teilen Frauen wie vor hundert Jahren ein: in verheiratet (Mrs), unverheiratet (Miss) und die, bei denen man es nicht so genau weiß (Ms). Die Jungs sind in England aber natürlich alle „Mr" – unfair!

Der Mister hinter dem Miss-Winter-Schild jedenfalls guckt ebenfalls suchend in die Menge. Er ist groß, schlank, sieht britisch desinteressiert aus und trägt einen Strohhut, der von einem orangefarbenen Band umrandet ist. Englischer geht's ja wohl nicht! Ob das David Dunbar ist? Unter dem Strohhut kann man die Haarfarbe schlecht ausmachen. Er ist allerdings deutlich jünger, als ich dachte …

Und in meinem Englische-Männer-System eindeutig Kategorie eins. Sein gelangweilter Gesichtsausdruck würde Nana gefallen – die würde ihn natürlich „aristokratisch" nennen. Ich versuche, Blickkontakt aufzunehmen und kämpfe mich näher heran. Gar nicht so einfach mit zwei Koffern!

„Cara?" Der Miss-Winter-Mann bemerkt mich endlich.

„Ja, hallo!" Ich nicke und strecke ihm die Hand hin. „Freut mich, Sie kennenzulernen."

„Ebenso, ebenso!" Der Mann lüpft seinen Hut und erwidert meinen Handgruß mit festem Druck. „Ich bin David Dunbar – du kannst mich David nennen. Ich habe schon viel von dir gehört. Ich hoffe, dass es dir in deiner neuen Schule gefallen wird!"

„Oh, ganz bestimmt!", versichere ich. „Ich kann es kaum erwarten!" Unwillkürlich muss ich strahlen. Den ganzen Tag mit lauter Mädels in meinem Alter zusammen zu sein, das wird bestimmt super!

David Dunbar lacht als Antwort. „Du hast ja einen lustigen Akzent!"

Ich? Einen Akzent? Also, ich spreche doch wohl absolut perfektes Englisch! Schließlich haben Mum und Nana immer nur in ihrer Muttersprache mit mir geredet. Selbst Daddy hat bei uns zu Hause meistens englisch gesprochen – der Einfachheit halber.

Auf einmal lacht Dunbar noch lauter. „Hahaha! Und jetzt guckst du wie eine verwöhnte Deutsche, der man am Swimmingpool das Handtuch vom Liegestuhl geklaut hat – hahaha!"

Swimmingpool? Handtuch? Wovon redet der Mann? Und wieso macht der sich überhaupt über mich lustig?

Er versucht, sein Lachen in ein Hüsteln zu verwandeln, und grinst nur noch breit. „Sorry! Das ist der Lieblingswitz der Engländer über die Deutschen!"

Na klasse! Das fängt ja gut an!

Ich hole tief Luft und sage nichts. Auffallend nichts. Genau so, wie ich es von Nana gelernt habe. Im Zweifel: Lächeln und ignorieren!

„Ich schätze, dein Akzent stammt von deinem deutschen Vater", fährt David Dunbar ungerührt in munterem Plauderton fort. „Der hat ganz ähnlich gesprochen."

Ich sage immer noch nichts. Ich mag es nicht, wie er die

Worte „von deinem deutschen Vater" ausspricht. Es klingt, als würde er sagen: „von deinem Hinterwäldlervater". Dabei war Daddy ja wohl ein äußerst erfolgreicher Geschäftsmann. Er muss also sehr klug gewesen sein. Mochte dieser Dunbar meinen Vater nicht?

„Komm!", meint Nanas Anwalt und schnappt sich meine beiden Koffer. „Machen wir uns auf den Weg! Mein Wagen steht direkt vor dem Terminal." Er dreht sich zu mir um. „Keine Sorge! Mit mir kannst du nicht verloren gehen!"

Verloren gehen? Wieso sollte ich verloren gehen? Ich bin doch kein Kleinkind! Und außerdem sehr gut in der Lage, meinen Mund zu gebrauchen, sollte ich mich verlaufen, thank you very much!

Zum Glück erwartet der Anwalt keine Antwort. Er schlängelt sich durch die Menschenmenge, als hätte er sein Leben lang nichts anderes gemacht. Ich komme kaum hinterher.

Als wir draußen im Freien sind, lächelt er wieder. „Hast du Angst?" Und spricht gleich weiter: „Das Cornwall College hat einen hervorragenden Ruf. Die werden gut auf dich aufpassen!"

Diesmal grunze ich doch etwas abfällig. Ich brauche doch keine Babysitter mehr! Der ist ja schlimmer als meine Großmutter! Die tut auch immer so, als wäre ich aus Glas und könnte zerbrechen.

David Dunbar steht im Parkverbot. Er fährt einen uralten BMW. Einen richtigen Oldtimer, sollte man besser sagen. Roter Zweisitzer mit schwarzem Verdeck zum Abnehmen. Schickes Auto!

„Gefällt dir das alte Schätzchen?" Er lächelt. „Deine Mutter mochte alte Dinge ebenfalls gern." Er macht eine kleine Pause und hievt meine Koffer ins Heck, das dafür fast zu klein ist. „Aber dein Vater war ja eher für das Neue."

Ich kräusele ein bisschen die Nase. Ich hab echt das Gefühl, dieser Dunbar hat was gegen meinen Vater. Das, was Dad geschafft hat, ist doch nichts Schlechtes, oder?

Doch Nanas Anwalt startet schon den Motor, was ihn daran erinnert, wie lange er auf dem Hinweg im Londoner Stau gestanden hat. „Der Verkehr wird mit jedem Jahr schlimmer!"

♥

„Ich habe auch noch einen alten VW Käfer zu Hause", erzählt David Dunbar wenig später, während er sich auf einem Kreisverkehr in ziemlich hohem Tempo gekonnt in die richtige Spur einreiht. (Puh, ich vergesse immer, dass man in England auch im Kreisel linksherum fahren muss!) „Weißt du, was ein Käfer ist?"

Ob ich weiß, was ein Käfer ist? „Da drüben fährt einer von den Neuen", antworte ich knapp.

„Ah, well …" Nanas Anwalt nimmt den Blick nicht von der Straße. „Die Neuen sind mit den Alten gar nicht zu vergleichen. Das ist, als wenn du ein charakterloses, modernes Fertighaus mit einem Fachwerkhaus aus dem 19. Jahrhundert vergleichst. Oder einen schönen alten handgedrechselten Tisch mit einem Möbelbausatz aus dem Internet."

Ich setze ein Lächeln auf und schaue aus dem Fenster. Das war jetzt aber ziemlich deutlich eine Spitze, oder?

Doch Nanas Erziehung ist tief in mir verankert. Immer höflich, freundlich und neutral bleiben! Keep calm and ignore! Ich denke trotzdem an Dad. Und seufze ganz leise.

„Gefällt es dir in Deutschland?"

Ich gucke David erstaunt an. Wieso sollte es mir denn nicht in Deutschland gefallen? „Klar."

„Ich meine …" Seine Augen sehen beim Fahren in den kleinen seitlichen Außenspiegel, bevor er zu einem gewagten Überholmanöver ansetzt. „… weil du doch eigentlich praktisch Britin bist."

„Britin und Deutsche", ergänze ich. „Ich habe zwei Pässe."

„Ich weiß, ich weiß!" Dunbar wirft mir einen kurzen Blick zu. „Aber in Deutschland zu leben, ist doch nicht das Gleiche wie hier in England."

Er macht eine vielsagende Handbewegung hinaus zur Landschaft. Wir haben London inzwischen hinter uns gelassen und brausen auf der Autobahn Richtung Westen.

Ich muss grinsen. Diese Engländer! Für die gibt es nur ein einziges Land auf der Welt, das perfekt ist. Und das ist good old Britain!

Da lacht Dunbar. „Ich sollte dich nicht so damit aufziehen, dass du im Ausland aufgewachsen bist!"

Im Ausland? Deutschland ist doch kein Ausland für mich!

„Wechseln wir das Thema", meint er versöhnlich. „Wie geht es deiner Großmutter? Ich habe sie seit mindestens einem Jahr nicht gesehen."

„Oh, Nana geht es sehr gut, danke", antworte ich. „Sie hat viel zu tun im Moment."

„Ohne Zweifel!" Dunbar lächelt schon wieder. „Sie versorgt sogar mich so reichlich mit Arbeit, dass ich kaum Zeit für meine anderen Mandanten habe."

„Ah…", mache ich unbestimmt.

Ich interessiere mich nicht so für geschäftlichen Kram. Das überlasse ich Nana.

Dafür merke ich, wie sich mein Magen meldet.

„Können wir vielleicht irgendwo was essen?", frage ich, bevor der Anwalt noch auf die Idee kommt, mir mehr über seine Geschäfte zu erzählen.

Dunbar wirft einen Blick auf die Uhr am Armaturenbrett.

„Meinetwegen", sagt er gnädig. „Wir sind ja jetzt aus der Stadt raus. Gleich hinter Reading kenne ich ein kleines Dörfchen mit einem ganz exzellenten Pub."

„Oh, das klingt super, danke!"

Mein Magen knurrt freudig zur Bestätigung. Immerhin bin ich seit dem frühen Morgen unterwegs. Und diese ländlichen Pubs haben echt leckere Sachen. Vor allem Fish and Chips! Und die liiiiebe ich!!!

Eisgesicht

Die Geschwindigkeitsbegrenzung auf den Motorways liegt bei 70 Meilen pro Stunde. Das sind knapp 120 Stundenkilometer. David Dunbar donnert allerdings fröhlich mit 90 Meilen in seinem Sportcoupé dahin. Tsss, der müsste Deutschland doch eigentlich lieben: das einzige Land der Welt, in dem es Autobahnen ohne Tempolimit gibt.

Ich lehne mich zurück und beschließe, Dunbars Fahrkünsten zu vertrauen. Er fährt zwar rasant, aber sicher.

Glaube ich.

(Hoffe ich.)

Mein Bauch ist kugelrund und satt und zufrieden, voll mit leckeren Fish and Chips mit ganz viel Essig drauf.

Ich seufze glücklich. Schön, wieder zurück zu sein!

Es ist ein typisch englischer Spätsommertag. Der Mix aus

weißen Wattewolken und dunklen Regenstürmen fegt über unseren Köpfen dahin. Der kräftige Wind hier im Westen wirbelt, wie so oft, alles bunt durcheinander.

Ich muss lächeln. Ja, ich liebe England. Es ist mir so vertraut. Als Mum und Daddy noch lebten, haben wir jeden Sommer hier verbracht. Meistens in einem kleinen Cottage in der Nähe von Oxford, das Nana gehörte. Und Weihnachten war natürlich nur ein richtiges Weihnachten, wenn wir es bei Nana in London feiern konnten.

Es brennt in meinem Magen, wenn ich mich an die Sommer mit Mum und Dad erinnere.

Wie Mum und Dad und ich durch die hohen Kornfelder runter zum Fluss gerannt sind und uns dort in die Fluten gestürzt haben! Wie wir abends gegrillt haben und Dad wilde Anti-Regen-Indianertänze im Garten aufgeführt hat! (Er hat behauptet, das sei unbedingt notwendig, um die Fluten davon abzuhalten, unsere Würstchen zu ertränken.) Und wenn der Regen dann trotzdem nicht aufhören wollte, haben wir uns in dem Häuschen vor den Kamin gekuschelt und unsere nassen Zehen in Richtung warme Flammen gehalten. Dad hat mir Marshmallows geröstet und dann bin ich in seinen Armen eingeschlafen …

Und wie immer, wenn ich an Mum und Dad denke, schießt mir gleich danach die andere Erinnerung in den Bauch …

… an den Tag, an dem Nana mit diesem Gesicht in mein Zimmer kam.

Eisgesicht, nenne ich es.

Keine Regung.

Furchteinflößend.

Ich sitze unter meinem Schreibtisch und schrubbe die Heizung. Mum und Dad sind auf Geschäftsreise in Frankreich. Am Vormittag habe ich mit Mums Lippenstiften rote Herzen auf die Heizung gemalt. Ich finde es wunderschön und bin mir sicher, dass sich Mum darüber freuen wird. Nana findet das jedoch gar nicht und verdonnert mich zum Schrubben.

Die Tür geht auf, das Eisgesicht erscheint.

Nanas Mund sagt: „Cara …"

Mir schießt ein kalter Blitz durch meinen Körper. Ich weiß, irgendetwas ist passiert. Etwas, das nicht hätte passieren dürfen.

Nana nannte mich nie „Cara".

„Cara" nannte mich nur Mum. Es ist italienisch und bedeutet „Liebes". Mum liebte Italien, dort hatte sie meinen Vater kennengelernt. Wir waren oft im Urlaub dort, zusammen mit Dad …

„Cara, my love …"

Meine Großmutter räuspert sich.

Ihre sonst so perfekte Selbstbeherrschung ist verschwunden. Sie räuspert sich dreimal.

Ich erinnere mich an jede einzelne Sekunde, nachdem Nana in mein Zimmer gekommen ist. Eingebrannt in mein Gedächtnis wie Brandzeichen.

„Cara … Deine Eltern …" Nanas Stimme wird immer leiser. „… hatten einen schweren Autounfall. Sie haben es … nicht überlebt."

Nach den Worten „nicht überlebt" bricht meine Erinnerung ab. Ich weiß nicht mehr, ob ich anfing zu weinen oder zu schreien, ob Nana mich in den Arm nahm oder vielleicht doch einfach Heinrich oder Frau Singer rief.

Alles danach ist nur eine dunkle, zäh fließende Zeit ohne Stunden, Tage oder andere Anhaltspunkte des Lebens. Im Rückblick kommt es mir wie ein Dornröschenschlaf vor. Wann immer ich die Augen aufschlug, spürte ich nur die stechenden Dornen. Wer möchte da schon wach sein? Also machte ich die Augen sofort wieder zu.

Ein Auto überholt viel zu knapp. Dunbar flucht, sein wütendes Hupen lässt mich hochschrecken.

Die Landschaft rast draußen vorbei. Ich atme tief aus und

versuche den dunklen Schmerz wegzuschieben, der mich seit sechs Jahren begleitet.

Mum und Dad sind in den französischen Alpen von einer Straße abgekommen und fast 150 Meter tief einen felsigen Abhang hinuntergestürzt, wo der Wagen schließlich in einem Bergsee landete. Mum haben wir in London begraben. Dad konnten die Taucher nicht mehr finden, auch nach wochenlanger Suche nicht. Der See war zu tief.

An dem Punkt stoppe ich meine Gedanken.

Jedes Mal.

„Alles in Ordnung?" David sieht zu mir rüber.

Ich blinzele, schließe die Augen einen Moment länger als nötig. „Könnten wir vielleicht etwas langsamer fahren?", bitte ich ihn leise.

David grinst das erste Mal nicht. „Natürlich. Bitte entschuldige! Wenn ich auf der Autobahn bin, vergesse ich leicht, dass ich nicht allein im Auto sitze."

Ich zwinge mich zu lächeln. „Kein Problem."

Wir fahren jetzt die vorgeschriebenen 70.

Mum war sehr jung, als sie Dad kennenlernte, und Nana war darüber überhaupt nicht amused. Dad war Deutscher – schon das wäre ein absolutes No-go gewesen. Aber er war vor allem ein Nobody, der noch nichts geschafft hatte in seinem Leben, jedenfalls nichts, was für Nana zählte.

Doch Mum war stur. Sie wusste, was sie wollte, und das war Dad. Sie haben sehr romantisch – und gegen den Willen von Nana – in Gretna Green an der schottischen Grenze geheiratet.

Dass Mum danach mit Dad nach Deutschland ging, um dort zu leben und mit ihm die Firma seines Vaters auszubauen – die Firma, die mich und Nana heute noch ernährt –, fand Nana noch weniger amusing. Mum sagte mal, es habe Jahre gedauert, bis Nana sie zum ersten Mal in Deutschland besuchte. Erst als ich auf die Welt kam, akzeptierte sie meinen Vater wohl oder übel. Sie kümmerte sich regelmäßig um mich, wenn meine Eltern auf Geschäftsreisen waren. Was sie ja auch vor sechs Jahren getan hat, als Mum und Dad nach Frankreich fuhren.

Nach dem Unfall zog Nana dann ganz zu mir und übernahm die Firmengeschäfte ihres Schwiegersohns, als hätte sie ihr Leben lang nichts anderes getan. (Wie ich schon sagte: Nan regiert!)

„Ich denke, ich könnte noch mal ein kleines Päuschen vertragen." David Dunbar rekelt sich ein wenig auf dem Sitz. „Wir sind schon weit hinter Exeter. Keine zwei Stunden mehr, schätze ich, dann sind wir da."

Nicht mal mehr zwei Stunden? Uuuh, jetzt werde ich doch langsam kribbelig.

Als mir Dunbar beim Mittagessen von seiner eigenen Internatszeit erzählt hat, war ich noch ganz ruhig gewesen. Ich hab mich irre gefreut, dass das Abenteuer nun auch für mich losgehen würde.

Auch vom Cornwall College erzählte er. Dass es einen exzellenten Ruf in England habe, aber auch, dass alles völlig anders sei, als ich es mir vorstelle.

Tja, hab ich gedacht, ich stell mir aber gar nichts Genaues vor und dann kann ja auch nicht viel schiefgehen.

Jetzt auf einmal allerdings fallen mir plötzlich doch hundert Sachen ein, die schiefgehen könnten. Ob ich im Unterricht gut genug bin? Miss Gwynn war nicht unbedingt die Strengste …

Wie wird das sein, Freunde zu haben? Was, wenn ich die Mädchen in meiner Klasse doof finde? Oder noch schlimmer: Was, wenn die Mädchen in meiner Klasse mich doof finden?

Ich muss wohl geseufzt haben, denn Dunbar guckt mich von der Seite an. „Na, aufgeregt?"

„Ein bisschen", gebe ich zu.

Rechts von uns liegt die wunderschöne Dartmoor-Landschaft. Große Herden wilder Ponys streunen hier herum. Ich erinnere mich, wie Mum und Dad und ich einmal für ein Wochenende hier waren und endlos über Wiesen und

Hügel stapften. Ich habe mich irgendwann tragen lassen, aber meine Eltern waren unermüdlich. Ich muss lächeln. Wandern ist bei weitem das beliebteste Hobby der Engländer!

Dunbar setzt den Blinker und biegt in einen kleinen Ort ab. Zielsicher steuert er eine einfache Teestube auf der Hauptstraße an. „Betty's Tearoom" steht auf dem Schild. Er scheint schon öfter hier gewesen zu sein.

Als er mich durch den dunklen Gastraum führt, winkt er der freundlichen Lady zu. Dann nehmen wir auf einer blumenumrankten Terrasse Platz. Es sind winzige, uralte Tassen, die die Lady vor uns abstellt – total schnuckelig!

Dunbar nutzt die Teepause, um mich noch einmal mit letzten Instruktionen zu versehen. „Und bitte, denk immer daran, Angie …"

„Cara", verbessere ich ihn erstaunt.

„Natürlich!" Er schüttelt verärgert über sich selbst den Kopf. „Bitte entschuldige, das wird nicht noch mal passieren."

„Macht ja nichts", beruhige ich ihn. Dabei wäre Nana jetzt garantiert mittelmäßig ausgeflippt. Ich weiß nicht, wie oft sie mir die Sache mit den Namen eingeschärft hat.

„Cara", fängt David mit deutlicher Betonung noch mal neu an, um seinen Fehler zu berichtigen, „sollte dir irgendetwas komisch vorkommen, dann rufst du mich sofort an, ja?"

Danach will er das bestimmt zehnte Mal wissen, ob ich seine Nummer auch wirklich in meinem Handy eingespeichert habe. Um ihn vollends zu beruhigen, krame ich es aus meinem kleinen Rucksack hervor und zeige ihm die Nummer.

Innerlich rolle ich mit den Augen. Der ist ja schlimmer als Nana! Und überhaupt – was erwartet er? Ganz sicher wird mir so ungefähr alles komisch vorkommen!

Ich war ja noch nie in einem Internat. Noch nie unter so vielen Menschen.

Er wird doch nicht ernsthaft wollen, dass ich dreimal am Tag anrufe und ihm sage, dass ich es komisch finde, wenn ich meine Schulbücher selbst tragen muss oder wenn ich mir selbst einen Tee koche?

Puh, Dunbar sieht schrecklich ernst aus. „Du versprichst mir, dass du mich anrufst, ja? Bei jeder kleinsten Sache!"

Ich nicke und lächele. Doch am liebsten würde ich ihm die Zunge rausstrecken. Ich habe diese ständige Übervorsicht so satt! Seit Mum und Dad nicht mehr da sind, werde ich in Watte gepackt, bis ich fast ersticke. Ich kann es kaum erwarten, endlich frei zu sein! Auch wenn ich dafür ans Ende der Welt fahren muss!

Wir sausen die Straße entlang. Wiesen und Weiden rauschen an mir vorbei, bis mir die Augen zufallen …

Ich schrecke hoch, als Dunbar an meinem Arm rüttelt und auf ein Schild zeigt:

Brockhampton St. Johns
6 Meilen

Wir sind mitten in Cornwall.

Mein Herz klopft wie wild. Jetzt kann auch Brockhampton Castle nicht mehr weit sein – das Schloss, in dessen Gärten das Cornwall College for Girls and Boys liegt.

Yeah!

Girls and boys, here I come!

Das Cornwall College

Die Auffahrt zum Internat haut mich fast um. Cornwall College – der prunklose Name steht in krassem Gegensatz zu dem, was sich vor unseren Augen auftut.

„Beeindruckend", murmelt auch David Dunbar.

Ich recke meinen Kopf hoch zu dem riesigen Eisenschild über der Einfahrt mit den stolz geschwungenen Buchstaben: Brockhampton Castle – Cornwall College.

Genau in diesem Moment öffnet sich das gewaltige Eisentor wie von Zauberhand. Wir rollen über eine zusätzliche Viehsperre (gibt's hier frei laufende Kühe?) auf die Allee. Die hohen Pappeln rechts und links wiegen sich malerisch sanft im Wind.

„Wow!"

Der weite Rasen auf beiden Seiten wirkt so gepflegt, als

hätte man ihn mit Lineal und Nagelschere auf exakt drei Millimeter Länge gebracht. Trotz meiner Aufregung muss ich grinsen – die Engländer und ihre Gärten! (Das zweitliebste Hobby der Briten!)

Im Schritttempo rollen wir die Allee entlang.

Wie lang ist denn bitte diese Auffahrt? Eine ganze Meile?

Ich würde mich nicht wundern, wenn mir gleich Prinz William mit seiner Kate am Arm entgegenspaziert. Ich meine, königlicher geht's ja wohl nicht!

„Das ist wirklich die Schule, die Nana für mich ausgesucht hat?", hauche ich völlig verblüfft.

David Dunbar neben mir sieht zum ersten Mal etwas angespannt aus. Ist er etwa auch nervös?

In diesem Moment führt die herrschaftliche Auffahrt in einer Kurve um ein paar Tannen herum und David macht – ups! – eine Vollbremsung.

Vor uns stehen drei Schafe gemütlich auf der Fahrbahn, als sei die eigens für sie gebaut worden, damit sie sich die Füße nicht auf dem Rasen nass machen. Gemütlich knabbern sie an den Grashalmen am Rand. (Aha, keine Nagelschere – Schafe! Daher die Viehsperre!)

Als Dunbars Wagen dicht vor ihnen zum Stehen kommt, heben sie die Köpfe und gucken uns vorwurfsvoll an. Doch bewegen tun sie sich keinen Millimeter.

„Scheu scheinen die nicht gerade zu sein", bemerkt Nanas Anwalt trocken.

Ich muss kichern. Vielleicht, weil ich immer aufgeregter werde.

David gibt einen missmutigen Grunzer von sich. „Ich hoffe, die gehen hier nicht ebenfalls zur Schule."

Da muss ich leider noch mehr kichern.

„Kusch!", ruft Dunbar durch das heruntergekurbelte Fenster. „Kusch! Weg mit euch, ihr Viecher!"

Die Viecher fangen an, freundlich an seinem Auto zu schnuppern.

Da langt es Nanas Anwalt. Ungeduldig drückt er auf die Hupe.

Vor Schreck hebt eins der wolligen Tiere den Schwanz und köttelt. Dann legt es den Kopf schief und sieht Dunbar erwartungsvoll an.

Ich glaub, ich platze gleich.

Sei nicht so albern!, höre ich Nanas Stimme in meinem Kopf.

Dummerweise hilft das gar nicht. Ich kichere nur noch heftiger.

So lange, bis sich Dunbar irritiert zu mir dreht. „Kann ich dir ein Sherbet Lemon anbieten? Ich hab welche im Handschuhfach."

Zitronenbonbons? Sauer macht aber doch noch lustiger, oder? Hihi!

„Oh ja, danke", japse ich und versuche, mein Giggeln zu unterdrücken.

Im Handschuhfach liegt eine große Tüte.

Mmmh! Zur Sicherheit stecke ich mir gleich zwei in den Mund und lutsche brav.

Was dann doch keine so gute Idee war. Denn als es hinter uns plötzlich hupt, verschlucke ich vor Schreck eines der Bonbons und röchele und würge hilflos. Ein weiteres Auto ist hinter uns die Auffahrt hochgekommen. Doch auch das stört die wolligen Vierbeiner nicht besonders. (Ich dachte immer, Schafe seien schreckhafte Tiere?)

Ich huste immer noch, ringe nach Atem und bin vermutlich rot wie eine geräucherte Erdbeere, als ein blonder, verwuschelter Mädchenkopf – etwa in meinem Alter – neben meinem Fenster auftaucht. „Hi – bist du neu hier?"

Ich kann nur hilflos nicken. Was für ein Einstieg! Den hatte ich mir irgendwie anders vorgestellt. Die muss mich ja für die letzte Idiotin halten! Viel klüger als die Schafe kann ich jedenfalls nicht wirken.

Der blonde Mädchenkopf tut netterweise so, als würde ich mich völlig normal verhalten, und blubbert wie ein Wasserfall los: „Hi, ich bin Pippa Jones! Mein Bruder Eden geht auch hier zur Schule." Sie nickt zu dem grün-golden schimmernden Wagen hinter uns. „Er wohnt natürlich in einem anderen Haus, in Bryher. Ich bin in Pembroke House, und du?"

Pembroke House? Bin ich da nicht auch? Hat Miss Gwynn nicht so was erwähnt?

Der Wasserfall, der Pippa heißt, lächelt.

Ich bemühe mich, so intelligent wie möglich zu nicken. „Ah…rrrgh! Ich bin …rrrghh!"

„Lass dir Zeit", meint Pippa nachsichtig und sieht so aus, als wisse sie nicht, ob sie lachen oder mich bemitleiden soll.

David Dunbar hat zum Glück irgendwo eine Wasserflasche gefunden und hält sie mir jetzt unter die Nase. „Trink!"

Gierig greife ich zu und lasse so viel Wasser meine Kehle runtergluckern, dass ich einen kleinen Rülpser direkt danach nicht unterdrücken kann. Nicht sehr ladylike!

Jetzt kichert Pippa.

„Na ja, wir sehen uns später bestimmt noch!", ruft sie und winkt mir zu.

Dann geht sie auf die Schafe zu, klatscht energisch (und laut) in die Hände und tatsächlich! – die Schafe machen ein paar kleine Galoppsprünge hinüber auf den Rasen. Zufrieden lächelnd kehrt Pippa zurück zum Auto ihrer Familie.

Ich bin Cara Winter, könnte ich jetzt endlich sagen – mit

ganz normaler Stimme (ohne Röcheln), nett, dich kennenzulernen! Und übrigens, ich glaube, ich wohne auch in Pembroke House.

Doch Dunbar ist längst wieder angefahren und Pippa mitsamt Bruder Eden verschwindet im Seitenspiegel.

Na, das ist ja super gelaufen! Eins ist klar: Mit Bonbons bin ich erst mal durch!

Doch dann erheben sie sich vor uns, in warmem rötlichem Stein leuchtend: die Gemäuer von Brockhampton Castle. Mein Blick wandert über die kleinen Türmchen, die hübschen Spitzbogenfenster und die vielen Kamine. Eine warme Welle geht durch meinen Bauch. Mein neues Zuhause!

Die Straße führt uns auf einen großen Parkplatz, auf dem unendlich viele Jugendliche und noch mehr Eltern zwischen ungefähr tausend Autos herumwuseln. Koffer und Taschen und Tüten werden aus dem Heck geholt, alle scheinen sich gegenseitig zu kennen und zu begrüßen – es ist ein einziges Lachen und Rufen und Umarmen.

Und – puff – ist das warme Gefühl verschwunden. Ich fühle mich plötzlich ziemlich allein. Ich kenne hier niemanden. Wie lange es wohl dauert, bis ich all diese Mädchen und Jungs wenigstens mit Namen kenne? Und wenn die sich alle schon so gut kennen, wird es überhaupt ein Mädchen geben, das noch eine Freundin braucht?

Denn darauf freue ich mich doch am meisten: eine echte Freundin zu haben. Zum ersten Mal in meinem Leben.

„Du gehörst zum Year 10, das entspricht der neunten Klasse in Deutschland", hatte mir Miss Gwynn vor ein paar Tagen erklärt. „Nicht mehr als vierundzwanzig Mädchen beziehungsweise vierundzwanzig Jungen sind in einer Klasse und die Mädchen und Jungen haben getrennt voneinander Unterricht."

Das war Nana sehr wichtig gewesen bei der Auswahl des Internats. Überraschung, Überraschung: Sie hält nicht viel von gemischtem Unterricht.

„Und so, wie ich das hier im Prospekt verstehe", hatte Miss Gwynn weitergeredet, während sie wie immer ihre Brille zurechtschob, um besser lesen zu können (ach, ich glaube, ich vermisse die Gute jetzt schon!), „liegen die Klassenräume in dem alten Schlossgebäude, aber schlafen tut ihr in extra gebauten Häusern. Es gibt vier Häuser, zwei für Mädchen, Pembroke House und Southwood, und zwei für die Jungs: Bryher und Gower Hall. Du hast dein Zimmer in Pembroke House."

Genau das Gleiche erklärt uns eine sportliche Frau mittleren Alters, die uns Neuankömmlinge auf dem Parkplatz abfängt. Die Hausmutter von Pembroke House ist mir sympathisch. Sie sieht nett aus.

Allerdings scheint sie nicht gerne rumzutrödeln.

Mit hastigen Schritten führt sie Dunbar und mich die große Steintreppe im Cornwall College hoch, wo es zur Direktorin geht.

„Wenn du irgendwelche Probleme hast, wende dich an mich. Ich möchte, dass alles rundläuft in Pembroke House. Du hast Glück", fügt sie hinzu, „Pembroke wurde erst im letzten Jahr renoviert. Die Duschen sind nun wirklich richtig warm."

Die Duschen sind nun wirklich warm?

Dunbar und ich tauschen einen verstörten Blick.

Matron, wie ich die Hausmutter nennen soll, führt uns nach der Treppe einen langen, mit dunkelrotem Teppich ausgelegten Gang entlang. Auf einer Bank im Halbdunkel sitzt ein Mädchen und sieht uns neugierig entgegen. Ich kann sie kaum erkennen …

Meine Hausmutter bleibt vor einer dunklen Flügeltür stehen und senkt die Stimme: „Mrs Hampstead erwartet dich."

Hinter einem alten Eichenholztisch sitzt eine hochgewachsene Frau.

Sie hat einen modischen blonden Kurzhaarschnitt und trägt ein hellgraues Kostüm mit weißem T-Shirt. Als wir eintreten, hebt sie den Kopf und lächelt.

Ich mag sie sofort. Sie wirkt streng, aber klug.

„Ich bin David Dunbar, Caras Guardian", stellt sich Nanas Anwalt vor und reicht Mrs Hampstead gleich zu Anfang eine Karte seiner Kanzlei. „Wir haben ja bereits telefoniert. Mein Büro ist in London. Bitte melden Sie sich, sollten Sie meine Hilfe brauchen."

Jedes englische Internat verlangt für Schüler, die aus dem Ausland kommen, für Notfälle einen Guardian, also so etwas wie eine Kontaktperson, die in England lebt.

Klar, die kennen ja Nana nicht. Die wäre im Notfall garantiert schneller hier in Cornwall, als David das in seinem Sportwagen jemals schaffen könnte.

Mr Dunbar legt noch mal nach: „Ich habe Ihnen meine Privatnummer auf die Rückseite geschrieben. Sie können Tag und Nacht anrufen."

Wie peinlich! Ich habe keinen Zweifel, dass Nana es war, die Dunbar eingeschärft hat, das zu sagen. Dass sie mich immer wie ein Kleinkind behandeln muss!

Mrs Hampstead nickt nur und schiebt die Karte in eine rote Plastikhülle, auf der mein Name steht: Cara Winter. „Vielen Dank, Mr Dunbar!"

David muss noch ein paar Formulare unterschreiben und ich kriege einen Stapel Zettel in die Hand gedrückt. Auf denen ist nicht nur der Tagesablauf für Schüler des Cornwall College genau aufgelistet, sondern auch bereits ein

Stundenplan für meine Unterrichtswoche sowie hunderttausend andere Dinge, die ich anscheinend wissen sollte.

„Lies dir alles heute Abend in Ruhe durch, nachdem du ausgepackt und dich eingerichtet hast", schlägt Mrs Hampstead freundlich vor, „und wenn du Fragen hast, kannst du dich entweder an mich wenden oder an Matron oder zuallererst natürlich an deine Klassenkameradinnen in Pembroke House. Ihr wohnt alle auf dem gleichen Flur. Die andere Hälfte deiner Klasse wohnt in Southwood, das liegt auf der anderen Seite des Schlosses." Sie lächelt mich aufmunternd an. „Das ist jetzt bestimmt noch alles sehr verwirrend für dich, Cara, aber ich bin sicher, dass du dich bald auskennst und dass es dir bei uns gefallen wird."

Sie macht die Tür auf und winkt das Mädchen herein, das auf der Bank vor dem Zimmer gewartet hat. „Das hier ist Judy Arnold, sie kommt aus Texas und ist schon zwei Jahre bei uns. Sie wird dich ein bisschen herumführen. Ihr teilt euch das Zimmer in Pembroke House."

Ich stutze. „Wir teilen uns ein Zimmer?"

Das war mir irgendwie nicht so klar gewesen.

„Sicher, alle Year-10-Schülerinnen teilen sich zu zweit ein Zimmer."

Auch Matron lacht. „Du hast Glück! In Year 9 hättest du dir dein Zimmer noch mit drei anderen teilen müssen."

Mein Herz macht einen Satz. Meine Mitbewohnerin. Wird das meine beste Freundin werden? Ich strahle sie an – und zucke zurück. Judy Arnolds Blick ist reichlich missmutig.

„Hallo", sage ich und lächele etwas verunsichert weiter. „Ich bin Cara."

Sie reicht mir die Hand. „Judy." Ihre Hand ist kalt. „Okay, komm, ich zeig dir das Internat."

Ein Zimmer, so klein wie Frau Singers Nähstube

Noch vor wenigen Minuten hatte ich es kaum erwarten können, dass Dunbar endlich abhaut. Nun sehe ich den roten Wagen mit gemischten Gefühlen um die Ecke verschwinden.

Ich bin wirklich da. Cara Winter. Im Cornwall College.

Judy steht schweigend neben mir vor dem großen Hauptportal. Sie prüft ihre grün lackierten Fingernägel. Auf dem Hof herrscht noch immer ein einziges Gewusel. Autotüren klappen, Motoren starten. Jugendliche in Schuluniform und privaten Klamotten umarmen sich.

„Wohnen alle Mädchen aus unserer Klasse in Pembroke House?", versuche ich ein Gespräch anzufangen.

Judy stöhnt, als sei das eine besonders dumme Frage gewesen.

„Hat Mrs Hampstead doch gerade erklärt", antwortet sie genervt. „Nur die Hälfte, die anderen sind in Southwood. Komm schon!" Sie huscht die Schlosstreppe hinunter.

„Hier im Schloss findet der Unterricht statt", erklärt sie über die Schulter. „Außerdem ist hier die große Dining Hall, es gibt immer gemeinsames Mittag- und Abendessen. Gefrühstückt wird in den vier Wohnhäusern. Da drüben ist die Schwimmhalle, dort die Stallungen und die Reithalle, dahinten geht's zum See und zur Regattabahn, falls du ruderst. Kino, Rugbyfeld, Polofeld, Tennisplätze und Freilichtbühne." Wie ein Wetterhahn dreht sich ihr Arm ringsum in verschiedene Richtungen. Ich wende meinen Kopf hin und her, spähe über die Köpfe der anderen und versuche, mir alles zu merken.

Keine Chance.

„Da ganz hinten wohnen die aus der Oberstufe."

Sie macht sich nicht die Mühe, mich irgendwo hinzuführen. Egal, ich werde morgen alles selbst erkunden.

„Hab ich was vergessen? Glaub nicht. Gehen wir rein."

Ungeduldig eilt Judy voraus.

Pembroke House ist ein großer, freundlicher Rotklinkerbau. Ich bleibe einen Moment stehen und schaue mir die Fassade mit den hübschen bleiverglasten Fenstern an. Ich mag das Gebäude, es wirkt so schön altmodisch.

„Wo bleibst du denn?" Judy Arnold streckt ihren Kopf aus der Tür.

Meine Güte, die hat aber wirklich keine Lust, viel Zeit mit mir zu vertrödeln!

Hastig eile ich ihr hinterher.

Pembroke House ist fast baugleich mit den anderen drei Wohnhäusern (Southwood, das zweite Mädchenhaus, und Bryher und Gower Hall, die beiden Jungenhäuser), wie Judy im Gehen kurz wiederholt. Und irgendwo hinter den Sporthallen liegen noch die Unterkünfte der Oberstufe: ein etwas kleineres Haus für die Mädchen und eines für die Jungs.

Der Frühstücksraum hier im Erdgeschoss von Pembroke House ist total gemütlich, mit Kamin, alten Holzbalken und großen groben Holztischen und Bänken. In der Küche daneben erwischen wir ein Mädchen beim Kühlschrankplündern. Als sie uns sieht, grinst sie wie auf frischer Tat ertappt und verschwindet schnell.

Es gibt fünf große Gemeinschaftsräume für die fünf Klassenstufen, die hier untergebracht sind, einen Fitnessraum und eine ganze Reihe von Studierzimmern mit Büchern und Laptops.

Ich schlüpfe an einem Mädchen vorbei, das einen riesigen rosaroten Koffer schleppt.

„Kann ich dir helfen?", frage ich unsicher, als ich schon wieder Judys drängende Stimme höre.

„Jetzt komm doch!" Meine Zimmergenossin winkt mich eine imposant geschwungene Treppe hoch. „Unsere Klasse wohnt im zweiten Stock!"

Ich lächele dem anderen Mädchen entschuldigend zu, zucke hilflos mit den Schultern und stapfe brav hinter Judy her.

In jeder Etage von Pembroke House biegt ein langer Gang nach links und rechts ab. Die Zimmer unserer Klassenstufe liegen auf der linken Seite. Judy deutet kurz auf ein Schild an der ersten Tür, auf dem MATRON steht, dann gegenüber nach rechts, wo offenbar mehrere Badezimmer und Toiletten sind, und geht dann schnellen Schrittes weiter.

Moderne Fotografien mit imposanten Bildern von Cornwall schmücken die Wände.

So viele Türen! Ich werfe einen Blick in ein offenes Zimmer und erkenne einen Lockenkopf, der hektisch in einem Koffer wühlt.

„Komm!", ruft mir Judy Arnold vom Ende des langen Ganges aus zu. „Hier sind wir!" Sie nickt in einen Raum hinein. Als ich durch die Tür gehe, bleibe ich überrascht stehen. Oh dear!, wie Nana sagen würde. Denn etwas mehr Platz hatte ich doch erwartet.

Zwei Betten, zwei schmale, sehr hohe Wandschränke, zwei

winzige Tische für die Hausaufgaben. Das ganze Zimmer ist nicht viel größer als Frau Singers kleine Nähstube bei uns zu Hause, in der sie gelegentlich Sachen für mich oder Nana ausbessert.

Vor jedem Bett liegt ein Läufer mit angedeutetem Schloss und dezentem doppeltem C, dem Cornwall-College-Logo. Das gleiche Zeichen schmückt auch die karierten Tagesdecken.

„Du kannst das Bett neben dem Waschbecken haben", verkündet Judy in einem Ton, der nicht wirklich Platz zum Diskutieren lässt.

Ah, das am Fenster hat sie sich anscheinend schon selbst unter den Nagel gerissen. Zwei dicke gemusterte Reisetaschen mit fettem goldenem Logo liegen darauf.

Es sieht nicht so aus, als ob wir die Bettverteilung noch verändern könnten. Außerdem sollte ich mich wohl nicht gleich am ersten Abend mit Judy anlegen. Obwohl die Amerikanerin nicht gerade so wirkt, als hätte sie voller Freude auf mich gewartet. Vermutlich hätte sie das Zimmer lieber für sich allein gehabt.

Das kann ich ihr allerdings nicht mal verübeln.

Etwas wehmütig denke ich an mein eigenes Zimmer zu Hause.

„Wo ist eigentlich dein Gepäck?", fragt Judy.

Ups! Das hab ich ja ganz vergessen.

Ich muss kichern. „Steht noch auf dem Parkplatz."

Judy rollt mit den Augen und dreht sich von mir weg.

Hallo? Hilft sie mir jetzt nicht mal tragen? Verdutzt und etwas angemuffelt tapse ich hinaus. So eine Diva!

Als David sich eben von mir verabschiedete, fühlte ich mich noch ganz mutig. Matron und Mrs Hampstead waren wirklich nett gewesen und diese Pippa auch; und das Schloss sah toll aus und die Abendsonne brach noch mal durch die Wolken und ich wusste, irgendwo ganz in der Nähe war das Meer, und ich dachte daran, was ich jetzt alles mit diesen Mädchen erleben würde, und überhaupt ...

Aber so richtig nett ist Judy ja wohl nicht.

Wenigstens stehen meine Koffer noch auf dem Parkplatz.

Draußen ist nicht mehr viel Betrieb. Keiner beachtet mich, als ich ächzend meine Sachen über den Hof schleppe – auf den Kieseln können die Koffer leider nicht rollen. Nur ein Kaninchen, das über den Rasen hoppelt, guckt mitleidig zu mir herüber. In diesem Moment vermisse ich Dunbar richtig. Oder meinetwegen sogar Carl. So anstrengend ist also die Freiheit!

Mit letzter Kraft hieve ich das Gepäck in den zweiten Stock.

„Das sind deine Koffer?", fragt Judy völlig entgeistert, als ich mich keuchend ins Zimmer schleppe.

Sie starrt meine beiden dunkelblauen Trolleys an, als hätte ich zwei alte Kartoffelsäcke mitgebracht.

Ich zucke mit den Schultern. „Ja?"

Judy guckt sich suchend um. „Und wo ist dein Schminkkoffer? Und deine Handtasche?"

Schminkkoffer? Wofür sollte ich so was denn brauchen?

Ich lasse meinen kleinen Rucksack vom Rücken gleiten und werfe ihn erschöpft aufs Bett. „Hier ist meine Handtasche."

„Du benutzt einen Rucksack?" Judy sieht aus, als würde sie gleich in Ohnmacht fallen. „Kommst du frisch von der Alm oder was?"

Ich hole mal tief Luft. Also, das ist doch jetzt wirklich frech!

Die Amerikanerin lacht. „Und was hast du da in den Koffern drin? Gummistiefel und wollene Unterwäsche? Hahahaha!"

Wenn sie wüsste, wie nahe sie der Wahrheit damit kommt. Trotzdem: Was bildet die sich ein?

Judy mustert mich von oben bis unten. „Wo kommst du noch mal her?"

„Aus Deutschland", antworte ich – nicht mehr ganz so freundlich.

Sie verzieht spöttisch ihren Mund. „Trägt man das da?"

Was, bitte? Ich gucke verdattert an mir runter. Normale

Jeans, eine Paisley-Muster-Bluse in verschiedenen Rosatönen (total schön – hat mich einiges gekostet, Nana davon zu überzeugen, mir die zu kaufen!) und eine dünne blaue Strickjacke. Was denkt diese Kuh eigentlich, wer sie ist?

Jetzt betrachte ich sie auch mal etwas genauer.

Judy trägt dunkelgraue, hautenge Röhrenjeans, die an den Seitennähten mit goldenen Strasssteinchen besetzt sind. Obenrum ein weinrotes Teil, das etwa einen Meter über ihrem Bauchnabel endet. Darüber baumelt lässig so was wie eine zottelige, beige-weiße Fellweste ohne Ärmel. Das alles ist eingerahmt von ungefähr zehn sehr bunten und sehr langen Ketten, die bei jeder Bewegung eindrucksvoll klimpern. (Zugegeben – die Ketten sehen schon ziemlich schick aus. Ich wünschte, ich hätte wenigstens eine davon.) Ihre Füße balancieren auf geschätzt ein Meter hohen Korkschuhen. Weswegen sie ziemlich genau diesen einen Meter größer ist als ich.

Die Klamotten sehen aus wie die eines Supermodels. Nur dass Judy nicht groß genug und auch ein klein wenig zu mollig für ein Supermodel ist, hihihi!

Na gut, okay, das ist vielleicht ein bisschen gemein, Judy hat ziemlich genau die gleiche Figur wie ich. Aber ich tu ja auch nicht so, als wäre ich einem Modemagazin entsprungen!

Judy ist meinem Blick gefolgt und guckt immer unfreundlicher. Ups – kann sie Gedanken lesen?

Jetzt streicht sie sanft über ihre Weste. „Das ist übrigens echtes Yeti-Fell. Aus dem Himalaya. Muss man extra importieren. Natürlich kann man das nur, wenn man die richtigen Kontakte hat. Das kriegt man in Europa oder Amerika gar nicht. Aber mein Dad hat natürlich die richtigen Kontakte." Nach einer kleinen, abschätzigen Sekunde fügt sie – immer noch sanft über ihr Fell streichelnd – hinzu: „Cool, oder?"

Ich muss schlucken. Die trägt echtes Yeti-Haar über ihren Schultern? Yetis sind doch – ähm – was sind Yetis noch mal? Auf jeden Fall total selten, oder? Ich hätte das tatsächlich für Schafsfell gehalten.

„Äh – krass, und warum?", rutscht es mir raus.

Ich bin völlig verblüfft. Ich habe noch nie jemanden getroffen, der Leder oder Fell von einem Yeti besitzt.

Judy hat jetzt ein ziemlich spöttisches und ganz und gar nicht freundliches Grinsen auf den Lippen. „Warum was? Warum ich Yeti trage?"

Ich nicke stumm.

Die Amerikanerin rollt mit den Augen. „Jeeesus, bist du blöd! Natürlich, weil ich nicht so rumlaufen will wie jeder Nobody! Das ist doch wohl klar! Trägst du etwa Schaf?"

Zum Glück brauche ich keine Antwort zu geben (mir wäre

keine eingefallen), denn in dieser Sekunde wird unsere Tür aufgerissen und zwei Mädchen erscheinen im Türrahmen.

„Hey Judy! Wir dachten, du wolltest mit? Die anderen warten schon, los, komm!"

Dann bemerken sie mich. „Oh, wer ist denn das?"

„Ich bin ...", will ich gerade anfangen.

Doch Judy ist schneller. „Darf ich vorstellen? Das ist Miss Schafshirn! Frisch von der deutschen Weide."

Die beiden im Türrahmen beginnen zu kichern, aber meine amerikanische Bettnachbarin legt noch einen drauf: „Und zur Schule gegangen ist sie anscheinend auch noch nie. Die glaubt glatt an Yetis!"

Um den anderen zu zeigen, was sie meint, zieht sie eine eindeutige Grimasse und zupft dazu an ihrer Fellweste. „Yeti-Fell! Sie ist total begeistert davon. Witzig, oder?"

Da können sich die beiden in der Tür nicht mehr halten.

Sie gucken mich an, als hätte ich nicht alle Schafsköttel beisammen. „Hihihi, du hast echt geglaubt, Judys Weste ist aus Yeti-Fell? Hahahaha!"

Ich werde so rot wie die Haare von einem der beiden Mädchen und ärgere mich wie blöde über mich selbst. Wie konnte ich nur so dämlich sein, dieser Judy auf den Leim zu gehen? Natürlich gibt es überhaupt keine Yetis – das wird mir jetzt auch klar! Mir schwirrt einfach der Kopf! Und so, wie Judy das erzählt hat, war ich irgendwie so überrumpelt, dass ich mir tatsächlich nicht mehr ganz sicher war, ob ein Yeti nicht doch ein ganz seltenes Tier ist.

Ich hole tief Luft, um nicht vor Peinlichkeit umzukippen. Die beiden Mädchen müssen wohl allmählich Mitleid mit mir kriegen, denn eine von ihnen hört immerhin mit dem Gelächter auf und guckt nun beinahe freundlich. „Wie heißt du denn eigentlich? Ich bin übrigens Apple und das …", sie nickt rüber zu dem anderen Mädchen (mit dem kurzen roten Feuerschopf), „… das ist Gemma."

„Cara Winter", hauche ich.

Und ich bin nicht immer so dämlich!, würde ich gern hinzufügen. (Vielleicht wäre es eine gute Idee, wenn ich mich einfach unter dem Bett verkriechen würde?)

Apple zwinkert mir zu. „Lass dich von Judy nicht auf den Arm nehmen!"

Ihr Blick bleibt einen Moment an mir hängen, geht zu Judy, dann wieder zurück. „Lustig, ihr seht euch irgendwie ähnlich", sagt sie grinsend. Und damit ist sie mitsamt dem anderen Mädchen auch schon wieder verschwunden.

Judy wirft mir noch einen ganz offensichtlich entsetzten Wir?-Uns-ähnlich?-Ganz-sicher-nicht!-Blick zu. Dann schnappt auch sie sich ihr kleines, teures Handtäschchen und läuft hinter den anderen her.

Erstaunlich! Apple hat Recht.

Ob es mir passt oder nicht: Als ich ihr nachsehe, muss ich denken, dass sie von hinten glatt als ich durchgehen könnte. Wenn ihre Haare normal runterhängen würden und nicht so gefranst und toupiert und mit grellblonden dicken Strähnen versehen wären, sähen sie fast aus wie meine: leichte Wellen, halblang, mausbraun (okay, haselnussfarben, wie Miss Gwynn sagt – die Gute!).

Brrr! So würde ich also aufgemotzt aussehen!

Puh, ich setze mich erst mal. (Auf das Bett, das mir Judy zugeteilt hat.) Was für ein Tag! Und was für ein Start …

Gerade als ich anfange, ganz schlimm Mitleid mit mir selbst zu kriegen, und fast schon bereue, hierhergekommen zu sein, steckt die nette Pippa von vorhin ihren Kopf in die Tür. „Ah, hallo! Hier bist du also!"

Sie lässt die Tür offen und kommt ins Zimmer. „Na, schon ausgepackt?"

Trübe schüttele ich den Kopf.

Pippa grinst mich an. „Oje, du siehst ja nicht gerade sehr glücklich aus. Lass mich raten, du hast deine Zimmerkollegin Judy Arnold kennengelernt."

Sie lacht, als hätte sie einen Witz gemacht.

Ich kann wieder nur stumm nicken.

Doch dann reiße ich mich endlich zusammen – schließlich

kann Pippa nichts dafür, dass diese Judy so eine eingebildete Kuh ist. „Ich heiße Cara. Ich …"

„Weiß ich doch längst", sagt Pippa. „Wenn eine Neue ins Internat kommt, spricht sich das schnell rum."

In dem Moment hören wir lautes Lachen aus dem Flur. Jungenlachen.

Ich gucke verdutzt. Das ist doch hier das Mädchenhaus? Woher kommen denn plötzlich die Jungs?

„Ah, mein Bruder Eden und einer seiner Freunde. Klingt wie Moritz", meint Pippa. „Ich schätze, die wollen mit Tasha und den anderen Girls noch 'ne Runde im Park drehen und sich gegenseitig mit ihren Sommererlebnissen überbieten."

Helle Mädchenstimmen unterbrechen das Lachen. Automatisch lausche ich genauer.

„… und da hat die mir doch echt geglaubt, dass ich Yeti-Fell trage!"

Ich verdrehe gequält die Augen und wage nicht mal, Pippa anzugucken.

Pippa giggelt. „Ist nicht wahr, oder? Du hast nicht wirklich gedacht …?"

Ich schätze, mein Antwort-Stöhnen klingt tatsächlich wie das eines Schafes. Und zwar eines, das seinem Ende entgegenblickt. Ich sag ja, schlimmer kann's nicht kommen!

Doch die quirlige Blonde scheint das zwar urkomisch, aber überhaupt nicht tragisch zu finden. „Ach, Cara! Was meinst du, wie die mich getriezt haben, als ich neu hier war? Judy ist eine dumme Pute! Die musst du einfach ignorieren! Lach mal!" Sie knufft mich auffordernd in die Seite. „Los, lass uns deine Sachen auspacken! Du siehst nämlich so aus, als wolltest du gleich wieder weglaufen." Sie lächelt etwas sanfter. „Glaub mir, hier gibt es auch echt nette Leute!" Dann lacht sie. „Mich zum Beispiel!"

Da muss ich auch ein bisschen grinsen. Pippa ist wirklich nett.

Ich will gerade aufstehen, um meinen Koffer zu öffnen, da hören wir eine laute Jungenstimme durch den Flur grölen: „Was, die kommt auch aus Deutschland? Die muss ich mir angucken!"

Keine Sekunde später reckt ein föhnstrubbeliger, dunkelblonder Junge seine neugierige Nase ins Zimmer. Gleich darauf fallen ihm fast die Augen aus dem Kopf.

Und mir erst! Sagte ich, es kann nicht schlimmer kommen? Doch, kann es!

Der Junge, der mich anglotzt wie ein beutehungriger Tiger ein mickriges Schälchen saure Milch, ist niemand anderes als … Mr Großkotz vom Hamburger Flughafen!

Moritz Großkotz

Ganz ehrlich, ein Erdbeben wäre auch eine schöne Alternative! Leider gibt es die auf der britischen Insel so selten. Eigentlich nie.

Mr Kleine-Fische, der übrigens Moritz Ankermann-Schönfeld heißt (was ist das denn für ein protziger Name?) und schon drei Jahre im Cornwall College zur Schule geht, wie mir Pippa eben verriet, ist wirklich das Allerletzte! Dagegen war Judys Spott harmlos. Dabei sollten Jungen doch immer Gentlemen sein, oder? (Meint jedenfalls Nana.)

Aber von Gentleman keine Spur!

Von einem Erdbeben genauso wenig. Dafür fängt der Hamburger Angeber bei meinem Anblick an zu wiehern wie ein Pferd, das zu viel Lachgas inhaliert hat.

Mir bricht der Schweiß aus. Ich ahne Böses.

„Was machst DU denn hier?", japst er schließlich.

Zweiter Schweißausbruch. Ich fürchte, die Situation ist praktisch verloren.

„Ihr kennt euch?", fragt Pippa überrascht.

Auch Judy, Apple, die feuerhaarige Gemma und noch ein paar andere Mädchen kommen neugierig zurück ins Zimmer getrabt.

„Kennt ihr euch aus Deutschland?", fragt meine amerikanische Mitbewohnerin ungläubig. Vermutlich hält sie mich nicht der Bekanntschaft von Moritz für würdig. Der Kerl scheint hier als Popstar gehandelt zu werden.

Moritz steht immer noch da und hält sich den Bauch – der Idiot.

Einen winzigen Augenblick lang hoffe ich, dass ich doch noch mal davonkomme und er es dabei belässt. Beim Lachen, meine ich. Aber von wegen!

In diesem Moment öffnet er seinen vorlauten Mund und tönt deutlich hörbar durch den Flur: „Ob wir uns kennen? Das kann man so nicht sagen. Ich hatte lediglich die Ehre, der jungen Lady auf dem Flughafen zu begegnen, wo sie – hahaha …"

Dritter Schweißausbruch meinerseits.

Klasse! Ich bin geliefert.

Die Augen aller Mädchen hängen an Moritz' Lippen, dem es anscheinend Spaß macht, so geschwollen zu reden.

„… wo sie – hahahaha …", bemüht er sich weiterzureden.
Hilfe! Wo bleibt die Rettung? Vielleicht ein abstürzender
Meteorit oder so? Direkt auf Moritz Matschhirns Kopf?
Passiert natürlich auch nicht.

„… wo ihr ein Verkäufer versuchte zu erklären, dass man für
Essen, das man kaufen will, bezahlen muss! Höhöhö! Und
dann stellte sich noch heraus, dass sie überhaupt nicht
bezahlen konnte! Hatte keinen einzigen Euro dabei, das
Huhn!"

Das Huhn???

Die blöde Mädchenfraktion um Judy zerreißt sich sofort das
Maul.

„Eeecht?"

„Wie jetzt? Keinen einzigen Penny?"

„Glaub ich ja nicht!"

„Wie doof ist die denn?"

„Ich sag's ja, die Neue kommt frisch von der Kuhweide!"

Der letzte Kommentar kommt natürlich von Judy Arnold.
Aufgeregt klimpert sie mit ihren falschen Zwei-Me-
ter-Wimpern. (Wahrscheinlich wiegen die so viel, dass sie
gar nicht anders kann, als dauernd zu klimpern.)

Pippa guckt erstaunt. Man könnte auch sagen verwirrt. Als
ob sie auch nicht mehr recht wüsste, was sie sagen soll. Ich
rechne ihr hoch an, dass sie immerhin gar nichts sagt.

„Und was ist dann passiert?", fragt die rote Gemma.

Und – oooooh – diesen Moment kostet der miese Typ ganz besonders aus.

Genüsslich streicht er sich durch seine affigen Föhnstrubbel und nuschelt dann sehr lässig und gewohnt großkotzig: „Na, was hättet ihr getan? Ich hab natürlich schnell für das Häschen bezahlt. Bestimmt hätte sie sonst ziemlichen Ärger gekriegt."

Inzwischen grinst er sogar breit. Er grinst MICH AN! (Der hat Nerven! Das ist ja wohl MEHR als frech!)

„Außerdem sah sie sehr, sehr hungrig aus. So was macht man doch schon aus Nächstenliebe!"

Hungrig? Ich will gar nicht wissen, wie ich jetzt aussehe. Verschwitzt und verstört. Falls es so etwas wie ein „kuhweidiges Gesicht" tatsächlich gibt, dann habe ich das vermutlich in genau diesem Moment.

Mein Ruf ist ruiniert. Bereits in der ersten Stunde, die ich hier bin.

„Mann, Moritz, das war echt cool von dir!", lobt ihn Gemma mit samtweicher Stimme. „Voll nett."

Die Frage, die sie an mich richtet, klingt dagegen deutlich kühler. „Und? Hast du dich schon angemessen bedankt?"

„Äh…" Ich schaue sie mit großen Augen an. Bedankt? Dafür, dass der Kerl mich ausgelacht hat?

Meine Antwort scheint sie aber sowieso nicht zu interessieren. Keiner spricht mehr mit mir.

„Hat sie dir wenigstens das Geld zurückgegeben, Moritz-Darling?", fragt ein voll mit Perlen (nicht nur an Ketten oder Ringen, sondern auch auf etwa fünfzehn Haarspangen) besetztes Mädchen mit langen, glänzenden schwarzen Haaren und perfekt ebenmäßigem, ein wenig asiatisch anmutendem Gesicht.

Moritz zuckt mit den Schultern. „Wie denn, Amy-Babe? Sie hatte ja nichts dabei."

Als ich irgendwann voller Scham die Augen hebe, trifft mich Judys Raubvogelblick mit voller Wucht. „Und jetzt? Hast du vor, ihm deine Schulden zurückzuzahlen, hm?"

„Ja, natürlich!", rufe ich hilflos.

Nur leider besitze ich immer noch kein Bargeld. So ein Mist! Hätte ich mal Mr Dunbar gebeten, mir Geld zu leihen! Ich Trottel!

Ich nehme all meine Kraft zusammen und zwinge mich zu einem halbherzigen Lächeln in Moritz' Richtung. „Ich gebe es dir morgen, ja?"

„Kleine Fische", antwortet das Großmaul mal wieder. „Lass stecken!" Damit dreht er sich zurück in den Flur. „Los, Leute! Lasst uns endlich raus in den Park! Ben, Connor und George warten da unten schon 'ne halbe Stunde. Sooo aufregend sind kleine wohltätige Spenden an verarmte junge Mädchen ja nun auch wieder nicht!"

Sein lautes Lachen und das Kichern der Mädchen hört man noch, während die Horde schon das Treppenhaus runter-rennt.

Nur Pippa sitzt mit großen Augen neben mir. Und ist – wie schon vorhin auf der Auffahrt zum Castle – offensichtlich zwischen Kichern und Mitleid hin und her gerissen.

Schließlich entscheidet sie sich für ein freundlich spöttisches Grinsen. „Du scheinst ein bewundernswertes Talent zu ha-ben, dich in ganz entzückende Situationen zu bringen!" (Das Wort entzückend spricht sie genauso aus wie Nana. Seeehr englisch!)

Das Ganze ist so verfahren und dämlich und natürlich ei-gentlich reichlich traurig, dass ich tatsächlich ein bisschen lachen muss.

Kaum sieht Pippa mein Lächeln, reißt sie die Arme in die Höhe. „Yeah!", ruft sie, als hätte einer von uns gerade etwas gewonnen. „Das Kind kann lachen!"

Ich lächele endlich richtig. „Schlimmer wird's doch nicht werden, oder?"

„Na ja …" Sie lacht zurück. „Eins ist auf jeden Fall klar: Du bist nicht gerade sehr unauffällig hier angekommen!"

Nicht unauffällig? Tja, das fürchte ich auch.

Aber – oh dear! – ein Glück, dass Nana das nicht hört. Unauffällig zu sein, ist natürlich genau das, was mir meine Großmutter ungefähr siebzig Mal pro Tag eingeschärft hat. Unauffällig sein! Eine von vielen! Anpassen! In der Masse untergehen!

Ich seufze halblaut.

Das nimmt Pippa zum Anlass, es mit der nächsten Aufmunterung zu versuchen. „Ich kann dir aber ebenfalls versichern, dass du mit Judy …", sie wird leiser und beugt sich etwas zu mir rüber, „… auf jeden Fall die zickigste Zicke des Internats ins Zimmer bekommen hast. Insofern …", sie grinst wieder, „… kann's schlimmer eigentlich tatsächlich nicht werden."

Ich seufze ein zweites Mal. Verständlicherweise heitert mich diese Info nur mäßig auf.

Pippa zieht die Stirn kraus. „Komisch, dass Moritz so ätzend drauf war. Der ist ein guter Freund von meinem Bruder Eden. Eigentlich finde ich den sonst ganz erträglich. War da vielleicht sonst noch was am Flughafen bei euch in Hamburg?"

„Nein!", rufe ich sofort entsetzt. „Natürlich nicht! Wir haben praktisch kein Wort miteinander gewechselt."

Pippa zuckt mit den Schultern. „Egal – da lass dir bloß keine grauen Haare wachsen!" Sie lächelt. „Die meisten Jungs sind sowieso kleine Babyaffen, die nix als idiotischen Kinderkram im Kopf haben. Eden hat die halben Sommerferien vor seinem Laptop mit irgendwelchen beschränkten Ballerspielen verbracht."

Und so fangen wir endlich an, über andere Sachen zu reden. Über Urlaubsorte zum Beispiel.

Es stellt sich heraus, dass Eden seine Ballerspiele am Golf von Mexiko gespielt hat. Jedenfalls die meiste Zeit. Den Rest der Zeit musste er mit zum Shoppen nach Dubai, zusammen mit Mutter, älterer Schwester und Pippa. Ihr Vater war offenbar in England geblieben, um zu arbeiten.

„Ich finde Shoppen eigentlich todlangweilig", meint Pippa, „aber einmal im Monat kommt man halt nicht daran vorbei. Und, ganz ehrlich, Dubai ist wenigstens nicht ganz so öde wie London, oder?"

„Keine Ahnung", antworte ich, „ich war noch nie in Dubai."

Hätte Nana jetzt gewollt, dass ich lüge? Ich meine, von wegen unauffällig? Anscheinend ist es hier ja komplett unnormal, nicht in Orten wie Dubai zu shoppen. (Wo genau liegt das eigentlich?)

„Du warst noch nie in Dubai?" Das ist der Moment, in dem zwei neue Mädchen ins Zimmer kommen. Oder sollte ich sagen: schweben?

„Hi Tash, hi Sapph!", grüßt Pippa die beiden.

Den Kopf der einen umwellen lange, lockige und sehr blonde Haare. Sie hat rosa Wangen und lange, dichte Wimpern. Wow! Ein lebender Rauschgoldengel!

„Ich bin Natasha, nenn mich Tash." Sie hebt locker die Hand.

Die andere stellt sich als Sapphire vor und sieht auch genauso aus wie ein wertvoller Saphir-Edelstein. Sie glänzt von Kopf bis Fuß in schwarzen Klamotten. Ihre Frisur ist sogar richtig toll: Die dunkel schimmernden Haare sind zu einem Bob gestuft und ein schräg geschnittener Pony hängt ihr in die Stirn.

Neben diesen beiden Edelsteinen komme ich mir vor wie ein kleiner grauer Flusskiesel. Trotz meines schicken neuen Shirts. Um in diesem Internat unauffällig zu sein, hätte ich besser die neueste Stardesigner-Kollektion aus Paris tragen sollen.

„Jetzt sag doch mal: Wo gehst du denn einkaufen, wenn du noch nie in Dubai warst?", fragt Miss Sapph.

Sie streift ihre High Heels ab und hockt sich mit angezogenen Beinen auf die Kante von Judys Bett.

„Zu Hause in Hamburg", antworte ich wahrheitsgemäß.

„Ah", macht Sapphire.

Ihr Blick saust in Lichtgeschwindigkeit über meine Bluse

und meine Normalo-Jeans. Einen Moment herrscht leicht unterkühltes Schweigen. „Bist du mit einem Stipendium hier?", fragt Natasha dann. (Huch? Sehe ich so arm aus?)

„Wir haben schon eine andere davon – Hettie", fährt Tash fort. „Sie wohnt im Zimmer gegenüber, zusammen mit Bailey. Hetties Eltern hätten nie das Schulgeld für das Cornwall College gehabt. Aber um auch ärmeren Kindern eine Chance zu geben, zahlen unsere Eltern alle etwas mehr, so dass es für jede Klassenstufe mindestens ein Stipendium gibt. Das Cornwall College ist sehr sozial eingestellt und bemüht, auch weniger Privilegierten die Chance auf eine gute Ausbildung zu geben. Gut, oder?"

Sie setzt sich auf den Schreibtischstuhl und schlägt ihre perfekt geformten Beine übereinander, wobei sie lächelt und mit den Wimpern klimpert.

In mir klimpert plötzlich auch was. Nämlich ein Alarmglöckchen. Diese Natasha kommt mir vor wie ein Säbelzahntiger, der mit Mutter-Teresa-Lächeln behauptet, gerade eine Schutzstation für mutterlose Entenküken gegründet zu haben, während ihm noch Blutreste und kleine Flaumfedern aus dem Maul tropfen. Sie wirkt nicht gerade so, als würde sie ärmere Mitschüler freudig mit ehrlichem Herzen begrüßen.

Sie wickelt sich ein paar Strähnen ihrer blonden Haare um

den Finger (die sind wirklich überblond! Ob das echt ist?) und beginnt, an den Enden zu knabbern. Dabei beobachtet sie mich nachdenklich. Ohne Zweifel, die checkt mich ab.

Ich mustere die beiden wohl genauso verblüfft. Ich meine, ich hatte natürlich nicht erwartet, dass alle Cornwall-College-Mädchen in Flohmarkt-Klamotten rumlaufen. Aber dass hier offenbar derjenige gewinnt, der das schrillste Zeug trägt, das hatte ich ebenso wenig vermutet. Ich schätze, von dem, was die beiden Ladys jedes Jahr für Klamotten ausgeben, könnten zehn neue Mädchen hier zur Schule gehen ...

„Also, ich ... Ich glaube nicht, dass ich für ein Stipendium gut genug in der Schule bin", stottere ich.

Aua. Das hört sich echt lahm an.

Natasha und Sapphire ziehen die Augenbrauen hoch und tauschen einen vielsagenden Blick.

Pippa unterbricht die unangenehme Situation mit lautem Gähnen. „Ist doch auch egal, oder?" Dann springt sie von meinem Bett auf und dreht sich zu mir. „Los, Cara, lass uns endlich deine Koffer auspacken! Gleich gibt's Abendessen! Dein erstes Dinner im Cornwall College!"

Mein erstes Dinner, ja. Aber irgendwie ist mir fast der Appetit vergangen. Kann man noch mehr falsch machen in den ersten vierundzwanzig Stunden?

„Jetzt fährt schon wieder dieses Auto vorbei."

„Hm?"

„Da, Bailey, jetzt guck doch mal! Da vorne! Da war gerade wieder dieser schwarze Wagen. Hast du ihn nicht gesehen?"

„Nein, Honey, hab ich nicht. Ich versuche zu lesen, falls du es noch nicht gemerkt hast."

„Ich hab den jetzt schon zum dritten Mal gesehen! Ich sag dir, damit stimmt was nicht!"

„Hettie, du guckst zu viele Filme! Lies mal ein Buch. Ganz ohne Leichen, was mit Love und Knutschen und so. Ich schenk dir meins, bin gleich damit durch. Wenn du mich mal 'nen Moment in Ruhe lesen lässt …"

Glimmer, Glitter, Girls-Talk

Schule, Freundinnen und andere neue Dinge

Meine Güte, alles ist genau so, wie ich es immer in Büchern gelesen habe, und doch ganz anders! Im Cornwall College rast die Zeit dahin wie sonst nur die Ferien mit Nana, wenn wir im Sommer auf Jersey sind, unserer kleinen Lieblingsinsel im Ärmelkanal.

Seit mich David Dunbar vorgestern hierhergebracht hat, habe ich fast keine freie Minute zum Nachdenken gehabt. Was vermutlich so schlecht auch wieder nicht ist. Denn sobald ich nur eine Sekunde lang an die Szene mit Mr Protz am ersten Abend denke, bricht mir immer noch der Schweiß aus. Der gruselig-schaurige, eiskalt-kochend heiße Peinlichkeitsschweiß.

Für die anderen scheint die Sache jedoch abgehakt. Sie haben am letzten Ferienwochenende zum Glück keine Zeit, sich zu viele Gedanken über jemanden wie mich zu machen. Es gibt genug anderes zu tun: Sie müssen ihre neuen Klamotten vorführen, die Maniküre auffrischen, die Ferienerlebnisse austauschen, sich für den Lacrosse-Kurs anmelden, sich einen der begehrten Plätze für Schauspiel- und Gesangsunterricht angeln, die Zimmer neu dekorieren …

Zwischen Judy und mir ist die Stimmung nach wie vor ziemlich eisig. Aber ich versuche, mich nicht verrückt machen zu lassen. Das amerikanische Möchtegern-Model wird sich schon irgendwann einkriegen.

Mir sind am ersten Abend fast die Augen aus dem Kopf gefallen! Dreht die sich doch tatsächlich abends die Haare auf Lockenwickler. Ich dachte immer, die seien seit fünfzig Jahren aus der Mode gekommen. Und das morgendliche Ausdrehen und Ausbürsten dauert eine halbe Stunde. Dafür steht sie extra früher auf!

Es ist fast unmöglich, wach zu werden, während Judy ihre Haare kämmt. Sie macht die immer gleiche Bewegung, wie in Zeitlupe, wieder und wieder. Fast hypnotisierend. Es ist das Erste, was ich nach dem Aufwachen sehe. So einlullend, dass ich sofort wieder in Schlaf-Trance falle. (Ja, okay, ich bin auch schon vorher eher der Typ Langschläfer gewesen. Aber Judy macht es echt nicht besser!)

Den Sonntag habe ich vor allem mit Pippa verbracht. Ich

mag sie sehr. Auch ihre Mitbewohnerin Raine, die erst gestern angereist ist, ist total entspannt. Sie sind beide einfach nicht so überdreht und auch nicht so angeberisch wie die ganzen Glitzergirls.

So nenne ich die Clique um Sapphire und Natasha. Auch Judy gehört natürlich dazu und noch ein paar andere: Amy, in die alle Jungs verliebt sind, ist leider auch ziemlich anstrengend und ihre Freundin Danielle sowieso. Sie alle gucken durch mich hindurch, als wäre ich Luft. Wer in Hamburg shoppen geht, ist offensichtlich nicht interessant. Außerdem habe ich den Verdacht, dass Judy immer noch nicht besonders nett über mich spricht. Dabei ist sie diejenige, die die ganze Nacht hindurch schnarcht! Das könnte ich ja auch mal dezent beim Frühstück erwähnen ... Grrr! Mir egal – ich lasse mir die Laune nicht verderben. Dafür gefällt es mir viel zu gut hier.

Zugegeben, die gemeinsamen Badezimmer sind gewöhnungsbedürftig. Und heute Morgen um sieben, am ersten Schultag, war die Schlange vor den Duschen hoffnungslos lang. In Zukunft werde ich mir möglichst abends die Haare waschen.

Aber davon mal abgesehen, finde ich das Leben auf dem Internat einfach großartig! Ich kann mir die ungesundesten Sachen am Büffet raussuchen, wenn ich Lust dazu habe. Ich kann abends trashige Sendungen im Fernsehen sehen, ohne dass Nana an mir herummeckert. Ich kann sogar all die Magazine lesen, die Nana sich geweigert hat zu kaufen – in der Bibliothek gibt es Abonnements von ungefähr jeder Zeitschrift auf dem Planeten.

Ich hätte nie gedacht, wie viele Überraschungen Cornwall College bereithält! Und ich glaube … ich glaube, ich bin kurz davor, Freundinnen zu finden. Vielleicht habe ich es sogar schon? Ach, wäre das toll!

Gestern hat mir Raine, die Dressurreiterin ist, die Stallungen gezeigt und ich habe mich für Reitstunden eingetragen. Nana hat mir nie erlaubt zu reiten, sie hält Pferde für viel zu gefährlich.

Außerdem bin ich in der Theatergruppe, zusammen mit Pippa, Hettie und Bailey. Die beiden wohnen im Zimmer gegenüber und sind auch supernett. Sie sehen auch angenehm normal aus. Keine Yeti-Klamotten, hihi!

Wobei wir an den Wochentagen zum Glück sowieso alle gleich aussehen – wir müssen ja Schuluniform tragen.

Mann, bin ich aufgeregt! Zum ersten Mal ziehe ich meine Uniform heute an! Gestern Abend habe ich noch mit Baileys Hilfe das kleine Pembroke-House-Abzeichen neben das Cornwall-College-Logo genäht – ein Wappen mit einem kleinen roten Drachen, sooo süß!

Und nun stehe ich vor dem Spiegel: mit dunkelblauem Faltenrock, weißer Bluse, an Knopfleiste und Kragen abgesetzt mit einem dünnen blauen Streifen, und einem dunkelblauen Jackett, auf dem in Brusthöhe das doppelte C prangt, unser Internatswappen, gestickt in Gold auf dunkelrotem Grund. Und – würg! – Nana hatte Recht: Die grässlichen Kniestrümpfe, die sie mir eingepackt hat, gehören tatsächlich dazu.

Auch Ober-Model-Mieze Judy Arnold stöhnt neben mir, während sie ihre Strümpfe hochzieht. Nicht mal sie kann gegen die Schulregeln etwas machen! Mrs Hampstead ist da sehr streng.

Wie jeden Morgen geht Matron, unsere Hausmutter, durch alle Zimmer und kontrolliert, ob ordentlich aufgeräumt ist. Und heute prüft sie außerdem, ob unsere Uniformen sauber sind und korrekt sitzen. Schminke (außer leicht getönten Tagescremes) und Klunkerketten sind übrigens während des Unterrichts nicht erlaubt.

Mein Bauch grummelt aufgeregt, während ich mit Hettie und Bailey hinunter in den Frühstücksraum gehe. Von weiter hinten winkt Pippa uns zu, sie hat schon einen Platz besetzt.

Ich nehme mir nur ein bisschen frische Grapefruit, eine Tasse Tee und eine Mini-Schüssel meiner geliebten Cornflakes. Das goldgelbe Rührei und den duftenden Toast lasse ich heute stehen. Mein erster Schultag! Da bringe ich eh nichts hinunter.

Pippa und die anderen plappern munter vor sich hin.

Auch die Glitzergirls sitzen mit uns am Tisch. Es ist verrückt, wie anders die Mädels wirken, wenn sie nicht so durchgestylt sind! Locker fünf Jahre jünger, in ihren braven weißen Blusen und ganz ohne Make-up …

Skandal des Tages: Matron hat Danielle vor Unterrichtsbeginn wegen eines für Danielle recht bescheidenen hellblauen Lidschattens zu einem Tag Küchendienst verdonnert. Da kennt Matron nichts, das geht ruck, zuck!

Danielle ist völlig außer sich. Ihre größte Sorge ist allerdings nicht die unschöne Arbeit, sondern dass ihre sündhaft teuren – natürlich falschen – Fingernägel (in mehreren Farbschattierungen und mit Goldstaub bedeckt) dabei abbrechen könnten.

„Die habe ich mir in Las Vegas machen lassen!", heult sie. „Da bin ich extra noch letzte Woche hingeflogen. So was kriegt man hier in Europa doch gar nicht!"

Ihre Busenfreundin Amy ist natürlich voller Mitgefühl. „Oh, Danny, das ist echt so was von fies! Du Arme! Vielleicht können wir am nächsten Bank Holiday zusammen rüberjetten und deine Nägel wieder in Ordnung bringen."

Das kann Danielle leider nicht trösten. Sie schluchzt noch lauter auf. „Das ist ja erst in zwei Monaten!", heult sie. „Ich kann doch in der Zwischenzeit nicht rumlaufen wie Aschenputtel auf Urlaub!"

Bank Holiday nennt man hier in England die Feiertage, die übrigens immer – sehr praktisch – auf einen Montag gelegt werden. Ein Bank-Holiday-Weekend ist also ein herrlich langes Drei-Tage-Wochenende.

„Schluss mit dem Gejammer!", ruft Matron da auch schon resolut und läutet die altmodische Glocke an der Tür. „Überleg dir das nächste Mal vorher, wie du dich herrichtest, Danielle! Und jetzt macht euch auf den Weg, Mädchen, es ist schon gleich halb neun!"

Mein Bauch grummelt aufgeregt, während ich mit den anderen hinüber zum Castle gehe, wo die Klassenzimmer sind. Mein Leben lang wurde ich von Miss Gwynn zu Hause unterrichtet. Und jetzt werde ich in einer richtigen Klasse sitzen! Endlich!

Ich liebe den Geruch der Säulengänge hier! Es duftet so altehrwürdig und überall schlummern Geschichten …

Bevor der Unterricht beginnt, gibt es allerdings noch eine kleine Ansprache von Mrs Hampstead, der Direktorin, zum Beginn des neuen Schuljahres. Wir drängeln uns alle in die große Aula und lauschen artig.

Mrs Hampstead begrüßt uns alle noch mal offiziell, wünscht den neuen Cornwall-College-Schülern, dass sie sich schnell einleben, und schließt mit der Aussicht auf ein weiteres erfolgreiches Jahr.

Erfolgreich? Ja, das wäre schön. Aber ein Erfolg, und zwar ein riesiger, wäre für mich vor allem, dass Cara Winter endlich in Freiheit leben kann!

Ich bin noch ganz voll mit Gedanken und Gefühlen, als wir aus der Aula wieder rausströmen und im Gang ein paar von den Jungen treffen.

„Na, Jungs, neuer Versuch, ein bisschen schlauer zu werden?", ruft Amy ihnen locker entgegen.

Connor, Star der College-Rugbymannschaft und, wie Pippa behauptet, um sieben Ecken mit dem englischen Königshaus verwandt, wirft ihr eine charmante Kusshand zu.

Hmmm, muss sich irgendwie doch nett anfühlen, so beliebt bei den Jungen zu sein!

Ich will schon nach dem Zimmer für unsere erste Unterrichtsstunde Ausschau halten, da zupft mich Pippa am Ärmel. „Hier lang! Am Anfang und am Ende von jedem Schultag haben wir unser Tutorial. Ich hab auf die Liste geguckt. Du bist in meiner Gruppe bei Miss Bennett."

Es stellt sich heraus, dass alle Schüler vom Cornwall College einen Tutor oder eine Tutorin haben. Das ist offenbar so eine Art Klassenlehrer-Ersatz. Zehn bis fünfzehn Minuten vor und nach jedem Unterrichtstag versammeln sich alle Schüler in ihrer Tutorengruppe und sprechen den Tag durch. Pippas und meine Tutorin heißt Miss Bennett und unterrichtet ansonsten Deutsch und Latein.

„Deswegen haben sie dich wahrscheinlich hier reingesetzt", wispert mir Pippa zu, als Miss Bennett uns begrüßt und uns ein schönes Jahr im Cornwall College wünscht. „Wahrscheinlich hatten sie Angst, dass dein Englisch nicht gut genug ist."

Sie grinst und ich ziehe eine Grimasse zurück. Na, also, an meinem Englisch wird ja wohl keiner was auszusetzen haben!

Außer Pippa und mir sind noch zehn andere Schüler aus allen Altersstufen hier.

„Die machen das extra", meint Pippa, „damit wir auch die Jüngeren und Älteren ein bisschen kennenlernen."

Nette Idee!, denke ich. Aber auch viel für den Anfang. Mir schwirren eine Million Namen im Kopf herum und ich bin fast schon müde, als wir endlich auf dem Weg zur Englischstunde sind, wo der richtige Unterricht beginnen soll. Ich hatte ja keine Ahnung, wie anstrengend, aufregend, verwirrend und wild so eine richtige Schule ist! Und alle scheinen sich hier mühelos zurechtzufinden.

Alle außer mir.

Nachdem wir zwei riesige Steintreppen hochgegangen sind und uns durch ein Gewirr von breiten Gängen durch den Strom der Schüler hindurchgedrängelt haben – ich werde nie wieder zurückfinden! –, nickt Pippa zu einer Tür. „Hier ist es!"

Ich bleibe einen Moment stehen und hole tief Luft. Das ist nun also der richtige Anfang. Cara Winter in einer richtigen Schule. Puh!

Leider kann ich mich dem feierlichen Augenblick nicht lange hingeben, denn soeben sehe ich Moritz um die Ecke biegen. Und – schwupp – schlüpfe ich lieber schnell ins Klassenzimmer. Doch einen kleinen unauffälligen Blick riskiere ich noch. Hm... so schlecht sieht er gar nicht aus in seinem dunkelblauen Jackett!

Pippa hat sich schon einen Tisch gekrallt und mir den Platz neben sich freigehalten. Dankbar lasse ich mich auf den Stuhl fallen. Dann sehe ich mich um.

Das Klassenzimmer ist lichtdurchflutet. Warm tanzen ein paar Staubpartikel im hellen Sonnenlicht über dem alten Eichenparkett. Durch die Bogenfenster sieht man in den Park, die großen Platanen bewegen sich im Wind. Und dort unten sind auch die drei unerschrockenen Schafe, die, wie ich mittlerweile weiß, Aretha, Madonna und Pixie heißen –

offenbar benannt nach bekannten Sängerinnen. Gerade scheinen die drei aber ein bisschen zu streiten. Sie recken ihre Köpfe hoch und blöken lautstark um die Wette. Vermutlich geht's darum, wer die bessere Stimme hat, hihi!

Ich denke an Dunbars hilfloses Hupen zurück und muss lächeln. Doch ich werde jäh aus meinen Gedanken gerissen. Denn – hups! – genau in dieser Sekunde schließt sich die Klassenzimmertür mit einem Knall.

Ich zucke zusammen. Mein Hals ist ganz trocken, als Mrs McIntyre, die Englischlehrerin von Year 10, den Raum betritt. „Good morning, Ladies."

Sie redet klar und knapp. Perfektes Queens-Englisch. Nana – wie wenig ich an Nana gedacht habe die letzten Tage! – wäre begeistert.

Unsere Lehrerin, Ende dreißig, schätze ich, wirkt so wahnsinnig normal, verglichen mit ihren perfekt gestylten Schülerinnen. Weiße Bluse unter einem olivgrünen Jackett mit schlichter dunkler Hose – so einfach geht echte Klasse!

„Sommerschlussverkauf, 19 Pfund", höre ich natürlich gleich Judy hinter mir zischen.

Mrs McIntyre hört das zum Glück nicht. Sie legt uns mit netten Worten ihre Wünsche und Erwartungen für das kommende Schuljahr dar. (Das ist die dritte Ansprache heute Morgen!) Dann richtet sie den Blick auf mich.

„Und ganz besonders herzlich möchte ich zum neuen Schuljahr eine neue Mitschülerin willkommen heißen …"
Sie lächelt mir aufmunternd zu. „Cara Winter, die aus Deutschland zu uns gekommen ist."
Mein Herz schlägt höher. Schon wieder höre ich Judy hinter mir irgendwas flüstern.
„Cara, bitte frag, wann immer du etwas nicht verstehst", redet Mrs McIntyre weiter. „Ich vermute, der Unterrichtsstoff in Deutschland weicht etwas von unseren Lehrplänen hier ab. Aber das macht nichts. Zur Not kann ich dir gern in den Lernstunden am Nachmittag ein wenig Nachhilfe geben."
Jetzt ist leider überdeutlich zu hören, was Judy wispert: „Kühe melken kann sie bestimmt! Mal sehen, ob sie überhaupt lesen und schreiben kann."
„Judy Arnold!", weist Mrs McIntyre sie zurecht. „Vielleicht möchtest du Cara in den ersten Wochen etwas mit dem Unterrichtsstoff zur Seite stehen?" Und nach einem durchdringend warnenden Blick fügt sie hinzu: „Das würde dir selbst bestimmt ebenfalls guttun!"
Judy grunzt etwas Unverständliches. Doch dann ist sie still.
Ich bete eindringlich, dass ich Judys Hilfe nicht brauchen werde, und nehme mir vor, ganz besonders gut im Unterricht aufzupassen.

Doch Französisch ist für mich kein Problem. Nana legte immer großen Wert auf beide Sprachen – Deutsch und Englisch. Ich spreche auch Franösisch, Italienisch und etwas Spanisch, wobei das hier gar nicht unterrichtet wird.

Doch dann kommt Mathe!

Hilfe!

Wie konnte Miss Gwynn bloß annehmen, dass ich das hier schaffe?

Ich fürchte, Naturwissenschaften waren nicht gerade Miss Gwynns Hobby. Weswegen wir sie wohl etwas vernachlässigt haben.

Ich verstehe tatsächlich nur Kuhmist, als in der dritten Stunde Mr Dobson, der Mathelehrer, komische Zeichen an die Tafel malt.

Es fällt mir ohnehin schon schwer, mich zu konzentrieren. Ich meine, hier sitzen vierundzwanzig Mädchen in einem Raum! Da hat man ja sooo viel zu gucken! Wie soll ich mich da zwingen, meinen Blick brav vorne an der Tafel kleben zu lassen?

In Englisch und Geschichte war es ja noch ganz okay. Mrs McIntyre hat uns viele Fragen gestellt, da hab ich automatisch zugehört und mitgedacht. Und mich zum ersten Mal in meinem Leben gemeldet, hihi! Wie im Film!

Aber jetzt im Matheraum herrscht weitläufiges Schweigen.

Selbst die Flüstereien sind so gut wie verstummt. Mr Dobson steht vorne an der Tafel und kritzelt. Und die anderen kritzeln mit, ihre Köpfe über die Hefte gebeugt.

Also male ich auch brav mit. Abmalen ist natürlich nicht allzu schwer. Dummerweise habe ich nicht den Hauch einer Ahnung, was ich da male.

Hilflos gucke ich zu Pip rüber. Die Glückliche scheint keine Schwierigkeiten zu haben. Ich hoffe bloß, dass sie mir später diese Dreiecke und Kreise ein bisschen erklären kann.

Auch Hettie, die am Tisch neben mir sitzt, scheint ganz in ihrem Element zu sein. Sie schreibt munter auf ihrem Block rum und reißt den Finger schon hoch, noch bevor Mr Dobson seine Fragen ganz formuliert hat. Sie ist wirklich irre gut in der Schule. In jedem Fach. Kein Wunder, dass sie ein Stipendium bekommen hat.

Ihre Banknachbarin Bailey dagegen rollt verzweifelt mit den Augen, sobald Mr Dobson nicht guckt. Es sieht so aus, als ob sie nicht mal probiert, zu verstehen, was an der Tafel passiert. Dann beugt sie sich rüber und steckt mir unauffällig einen Zettel zu.

Samstag ins Sweet Virginia?
Schön chillen?
Du + Pip + Raine + Het + ich?

Ich nicke eifrig. Keine Ahnung, was das Sweet Virginia ist. Aber „schön chillen" macht bestimmt Spaß mit den vieren. Außerdem freue ich mich über jede Sekunde, die ich nicht im Zimmer mit Judy verbringen muss.

Endlich ist Mr Dobson fertig und wendet sich von der Tafel ab.

„So, das wär's. Hat noch jemand eine Frage?"

Eine Frage? Ich hätte etwa genauso viel verstanden, wenn Mr Dobson statt Mathe ägyptische Hieroglyphen unterrichtet hätte.

Doch die Frage, die mich im Moment am meisten interessiert, kann mir Mr Dobson wahrscheinlich sowieso nicht beantworten: Was ist denn nun dieses Sweet Virginia, wo Bailey am Samstag hinmöchte?

„So heißt der Health and Beauty Spa in Truro", erklärt sie mir kurze Zeit später in der Pause. „Da gibt's Schwimmbecken und Whirlpools und Massagen und Ölbäder und … hach! Ein Traum! Das gefällt dir bestimmt! Und hinterher gehen wir lecker Pizza essen!"

„Aber jetzt gehen wir erst mal Spaghetti schaufeln!", ruft Pippa fröhlich und hakt sich zwischen uns ein. „Auf in den Speisesaal!"

Spaghetti à la Rattentouille

Den Speisesaal im Schloss des Cornwall College muss man sich so vorstellen: endlos hohe Wände, so dass die Akustik im Raum etwa der einer Konzerthalle gleichkommt (nur dass statt erhabener Pianomusik weniger erhabenes Fußgescharre, Gabelklimpern, Stühlerutschen und gaaaanz viel Geschnatter zu hören sind), und dazu passend fast so lange Tische wie Wände.

Jede Jahrgangsstufe hat einen eigenen Tisch. Ich sitze also nicht nur mit den elf anderen Pembroke-House-Mädchen aus Year 10 zusammen, sondern auch noch mit den restlichen zwölf meiner Klasse, die in Southwood wohnen.

Also, jedenfalls würde ich da sitzen, wenn ich nicht vor Schreck am Eingang stehen geblieben wäre. Wie viele Schüler sind denn gestern bitte noch angereist?

Unglaublich viele Jugendliche zwischen elf und achtzehn Jahren strömen in den Raum. Die Mädchen durch die eine Tür, die Jungs durch die andere (also, ein wenig albern finde ich das ja schon!). Sie sitzen getrennt voneinander auf der jeweils anderen Seite des Raums. Dazwischen steht der große Lehrertisch mit dem Thron für Miss Hampstead. (Okay, kein richtiger Thron. Aber sie hat ohne Zweifel den Platz mit dem besten Überblick.)

Ich schaue mir das Spektakel mit großen Augen an. Meine Güte, das ist ja wimmeliger als der Flughafen London Heathrow! Wie Ameisen, die − ohne einander anzurempeln! − in erstaunlichem Tempo wild durcheinanderwuseln, aber alle genau zu wissen scheinen, wo sie hinwollen oder hingehören. Am Wochenende war es hier sehr viel ruhiger.

„Was ist los, Schneckchen?", rumpelt mich eine ältere Schülerin von hinten an. „Raus oder rein, entscheide dich! Du verstopfst den Eingang."

„Äh, Entschuldigung!", murmele ich rasch und mache einen Schritt zur Seite. Wieder muss ich an den Flughafen denken.

Kaum ist die Tür wieder frei, strömen weitere Mädchen an mir vorbei in den Saal.

Wahnsinn! Wie viele Schüler gibt es noch mal im Cornwall College?

Mein Herz rutscht mir gerade wieder ein bisschen in die Hose, äh, in den Schuluniform-Rock. Ob ich mich jemals so zu Hause fühlen werde wie die anderen hier?

Mir ist ein wenig schwummerig in dem ganzen Trubel. Ich hab ja nicht viel gefrühstückt und in der Pause auch kaum was herunterbekommen. Jetzt melden sich meine weichen Knie zu Wort.

Ich sollte mich lieber mal setzen. Wo sind denn Pippa und Bailey? In dem Gewühle habe ich sie vorhin aus den Augen verloren.

„Cara!", ruft jemand. „Hier drüben!"

Ah! Ein erleichtertes Strahlen geht über mein Gesicht. Pippa winkt mir von unserem Tisch aus zu.

Während ich mich im Zickzack durch die durcheinanderlaufenden Mädchen kämpfe, die sich immer noch begrüßen und umarmen, merke ich plötzlich, dass irgendwas an meinem Schuh hakt. Natürlich direkt neben dem Tisch der Oberstufenschülerinnen, die schrecklich erwachsen und schrecklich wichtig aussehen. Ich hoffe, ich bin nicht auf irgendwas getreten, was denen gehört.

Ich versuche, Pippa im Auge zu behalten, während ich mich automatisch bemühe, das, was an meinem Fuß hängt, abzuschütteln. Wieso guckt denn Pippa so komisch? Hab ich schon wieder irgendwas falsch gemacht?

Jetzt hält sie sich auch noch ihre Hand vor den Mund, als müsse sie gleich losprusten. Was ist denn los?

Ich werfe einen ärgerlichen Blick nach unten.

Was klebt denn da? Hab ich mich an einer Tasche verheddert? Peinlich! Ich hoffe, die Lady, der das Ding gehört, wird nicht gleich total sauer auf mich. Ich will mich doch einfach nur setzen und was essen!

Iiiih, was für ein hässliches kleines Ding ist das denn? Ist das eine Handytasche? Grau mit kleinen Härchen besetzt. Verkauft man so was in Dubai? Und kleben tut die, als wäre sie mit Klebstoff eingeschmiert ... „Wuaaaaaaaaaa!"

Das ist keine Tasche! Das ist ... eine RATTE! Da vorne ist der kleine spitze Kopf und hinten wackelt das Schwänzchen. An meinem Schuh klebt eine Ratte!!

Und geht nicht mehr ab! „Iiiiiiiiiih!"

Die Abschlussklasse am Tisch neben mir reckt verärgert die Köpfe.

„Musst du hier so einen Krach machen?" Eine große Dunkelhaarige mit schwarzer Designerbrille guckt vorwurfsvoll zu mir hoch.

„Da ... da ..." Ich bin den Tränen nahe. „Da klebt eine Ratte an meinem Schuh!"

Die Köpfe recken sich Richtung Boden und – fangen jetzt die ersten Mädchen an zu giggeln?

Ich fühle mich schrecklich. Was bitte gibt's denn da zu kichern?

Das Vieh hängt immer noch an meinem Schuh. Es bewegt sich nicht.

Ich glaub, ich kipp gleich um!

Dass inzwischen die Tische um mich herum nahezu verstummt sind, nehme ich nur halb wahr. Ich bin vollauf beschäftigt damit, das ekelige Ding irgendwie von meinem Schuh zu befreien. Wie eine Irre schüttle ich mein Bein.

„Sag mal, spinnst du?" Eine der Oberstufenschülerinnen ist aufgestanden und packt mich an der Schulter. „Was ist los mit dir? Brauchst du 'nen Beruhigungstee?"

„Daaaaaa!" Völlig entsetzt deute ich auf das graue Nagetier an meinem Schuh.

Und als wäre Nana die letzten Tage nur verstummt, um auf ihren großen Moment zu warten, höre ich auf einmal die mahnenden Sätze in meinem Kopf umso eindringlicher: „NIE die Contenance verlieren! Eine Lady bleibt IMMER ruhig und beherrscht!"

Pah, Nana hat leicht reden! Ich wette, die hatte noch nie eine Ratte an sich kleben!

Die Oberstufenschülerin guckt erst das tote Tier, dann mich verächtlich an. „Very funny – sehr lustig!" Dabei ist ihr Gesichtsausdruck alles andere als lustig. „Du kommst dir wohl sehr originell vor, was?" Dann guckt sie plötzlich drohend. „Du bist neu hier, oder?"

Ich nicke stumm. (Die Ratte klebt noch immer an meinem Schuh.)

„Wie heißt du?"

„Cara Winter", antworte ich automatisch mit erstickter Stimme. (Ich glaub, ich muss mich gleich übergeben.)

„Okay, Cara Winter, dann sag ich dir jetzt mal was!" Sie lehnt sich ein Stückchen vor, eindeutig bedrohlich. „Wenn du noch einmal versuchst, so witzig zu sein, dann mach das sehr, sehr weit weg von unserem Tisch, verstanden? Wir wollen nämlich in Ruhe essen!"

Ich starre sie völlig verängstigt an. Wie meint sie denn das? Witzig?

Wieso hilft sie mir nicht?

Das Mädchen setzt plötzlich ein Lächeln auf und klingt nun wieder sehr viel englisch-ruhiger: „Ich möchte gern wissen, ob du das verstanden hast?"

(Hilfe!) Ich nicke schnell. Obwohl ich lediglich verstehe, dass ich mit meinem Ratten-Problem alleine dastehe.

„Und jetzt verzieh dich!" Sie setzt sich zurück auf ihren Stuhl.

Ich tapse einen vorsichtigen Schritt und unterdrücke den Schrei, der mir in der Kehle sitzt.

Keine Chance. Ich kann damit nicht laufen.

Unterdrücktes Kichern von den Tischen um mich herum.

Wie fies sind die denn alle? Warum hilft mir niemand? Wo sind eigentlich die Lehrer? Hinten am Year-10-Tisch sehe ich, wie Pippa mir wilde Zeichen macht herzukommen. Wie jetzt? Mit einer Ratte am Fuß?

Also gut. Ich reiße mich zusammen, so gut es geht, streife meinen dunkelbraunen Schuh ab und lasse die Ratte liegen, wo sie ist. Mit einer Socke und einem Schuh gehe ich so hoheitsvoll, wie ich kann, hinüber zum Year-10-Tisch.

Keep calm and ignore. Ähm, ich hoffe, dies ist das, was du meintest, Nana! Trotzig hebe ich das Kinn, auch wenn ich am liebsten heulen würde.

Die Mädchen am Year-10-Tisch wischen sich die Tränen aus den Augen. Auch am Nebentisch – Year 8? Year 9? – können sie sich vor Lachen kaum noch auf den Stühlen halten.

„Wunderbar, Lauren!", giggelt die eine und guckt mir direkt danach frech ins Gesicht.

Ihre Nachbarin – offenbar Lauren – prustet vor Vergnügen wie ein Nilpferd unter der Dusche.

„Das war die beste Idee, die du seit langem hattest!", ruft ein noch lauter kicherndes Mädchen.

Und was macht Lauren?

Sie springt auf und holt meinen Schuh! Samt Ratte!

„Hier, Cara, bitte", sagt sie glucksend und hält mir den Schuh entgegen. „Sauber machen! Sonst kommst du nicht durch Matrons Kontrolle." Ihre Freundinnen japsen vor Freude.

Ich werde das Viech doch wohl nicht ernsthaft anfassen müssen?

Ich gucke Pippa verzweifelt an. Die nickt mir strahlend zu. Also gut. Hier soll keiner sagen, ich wäre eine Memme! Ich werfe den jüngeren Mädchen den verächtlichsten Blick zu, den ich in dieser Lebenslage zustande bringe. Dann hole ich tief Luft, beuge mich vor und nähere mich mit weit gespreiztem Daumen und Zeigefinger dem Ekeltier.

Ein Ruck – JAAA! Das Ding ist ab!

Und quiekt!!!

„Wuaaaaaaa!"

Sorry, das wäre wohl jedem rausgerutscht!

Die Mädchen neben mir sehen aus, als würden sie sich vor Lachen gleich in die Hose machen. Ein paar verschlucken sich vor Freude glatt an den ersten Bissen von ihrem Essen, das gerade aufgefahren wird. Ekelt sich denn hier niemand? Im Speisesaal vom teuren Cornwall College??? Hier stimmt doch was nicht.

Ich schlüpfe in meinen gesäuberten Schuh. Die Ratte hat

zum Glück aufgehört zu fiepen. Sie liegt still und reglos am Boden.

Hm. Ich gucke etwas genauer.

Schwanz. Schnauze. Kleine schwarze Äuglein. Und gequietscht hat sie auch.

Tut sie jetzt aber nicht mehr.

Ich stupse sie vorsichtig mit meiner Schuhspitze an. Schon das löst den nächsten Lachkoller der jüngeren Mädchen aus. Und genau in dem Moment, in dem mein Schuh das Vieh berührt, fiept es wieder auf. Laut und markerschütternd. Aber bewegungslos.

Noch mal hm. Irgendwie komme ich mir gerade ein bisschen doof vor. Kann es sein …?

Ist es möglich, dass …?

Mit einem entschlossenen Griff hebe ich das Ding hoch.

„Fiiiiiep!"

Es klebt und … es ist aus Gummi!!!

Oh, waaaaaas? Grrrrr! Am liebsten würde ich den Mädels das Vieh mitten in ihre Spaghetti knallen, so sauer bin ich! Nein, empört!

Hahaha! Sehr komisch!

Wird hier jede Neue so begrüßt?

Genau das frage ich eine Minute später Pippa, die mir am Year-10-Tisch immer noch einen Platz freigehalten hat.

Pippa guckt immerhin ein klein wenig schuldbewusst. „Es war einfach sooo lustig! Bitte, Cara, sei nicht böse! Die aus der Achten lieben solche kindischen Scherzartikel."

Auch Bailey grinst. „Laurens Ratte kennt hier inzwischen jeder. Sogar die Lehrer. Aber es ist immer wieder köstlich, die Reaktion von Ahnungslosen zu sehen!"

„Hmpfff", mache ich. Dann atme ich tief durch und versuche tapfer, die Sache mit britischem Humor zu nehmen.

Am besten schlucke ich den Schreck mit den Spaghetti herunter, die gerade eine der Küchenfrauen vor mich hingestellt hat. Die duften gut! Endlich essen!

Die Soße über den Nudeln besteht aus einer unidentifizierbaren grünen Masse mit roten Tomatenstückchen.

„Mmmh!" Hungrig schiebe ich eine Gabel in mich hinein. „Lecker! Was ist das denn?"

Bailey kichert sofort wieder los. „Das ist Rattentouille!"

Vor Schreck verschlucke ich mich. „Waaas?"

Nun kichern nicht nur Bailey, sondern auch Hettie und Pippa.

„Mensch, Cara, du bist aber wirklich leicht zu erschrecken!", grinst Hettie. „Das ist so eine Art Ratatouille-Soße. Lauter mediterranes Gemüse zusammengemixt. Kennst du nicht?"

„Hmmm, lecker-lecker Rattentouille!", ruft Bailey noch mal.

Ich stecke mir demonstrativ eine große Gabel voll in den Mund und esse extra genießerisch mit geschlossenen Augen. Das lässt die anderen kichern.

Das Essen schmeckt echt lecker und ich haue rein, als hätte ich seit Tagen gehungert. (Auch wenn die Pasta ein wenig zu weich gekocht ist, ich mag sie lieber al dente. Aber ich bin wahrscheinlich zu verwöhnt. Hach, wenn ich an Oliviers Pasta auf Orange und Meeresfrüchten denke, läuft mir das Wasser im Munde zusammen ...)

„Guten Appetit noch, Cara! Und willkommen im Cornwall College!", gluckst plötzlich eine laute Stimme hinter mir.

Ich drehe mich um. Lauren grinst mich an, etwa einen Kopf kleiner als ich, aber frech wie Oskar. Na, die hat Nerven!

Doch noch bevor ich etwas erwidern kann, ist sie schon kichernd ihren Freundinnen hinterhergelaufen.

Pippa klopft mir beruhigend auf die Hand. „Die meint das nicht böse. Lauren ist einfach nur der größte Quatschkopf des Internats und vertreibt sich die Zeit mit Streichen. Keep calm and ignore!"

Haha! Den Spruch kenne ich schon. Doch nach dem Nachtisch – Apple Crumble mit Vanilla Custard – kann ich das sogar. Hettie, Bailey, Raine und Pippa sind einfach supernett. Und ich bin echt froh, dass die Glitzergirls weiter unten am Tisch sitzen. So kriege ich kaum etwas von deren

Unterhaltung mit. Wie man es beim Interneteinkauf schafft, nicht aus Versehen Billigartikel geschickt zu bekommen, oder ob eine Blaufärbung an den Spitzen gut zu braunen Haaren passt oder nicht, sind nicht gerade zentrale Lebensthemen von mir.

Ach, wenn ich es mir recht überlege, habe ich lieber eine Gummiratte am Fuß kleben als diese aufgestylten Supermiezen an der Backe. Aber mit Pippa, Bailey und Hettie an meiner Seite machen mir weder glitzerige Girls noch klebrige Ratten viel aus!

Viele Kühe
und ich bin eine
Wüstenmaus

Am Dienstag bekomme ich die volle Packung Unterricht verpasst: Hauswirtschaft (du liebes bisschen, ich wusste gar nicht, wie viel man tun muss, bevor eine einfache Pizza im Ofen ist!), Hockey (meine Güte, das ist ja nur rennen, rennen, rennen! Und das auch noch mit Holzschläger in der Hand!) und – peinlich, aber wahr, ich habe zum ersten Mal in meinem Leben auch Biologie. Ach, Miss Gwynn!

Den ganzen Abend sitze ich am Schreibtisch und versuche nachzubüffeln, was die anderen alle schon längst draufhaben.

„Wird wohl 'ne Weile dauern, bis du vernünftig lesen und schreiben gelernt hast", schnauzt Judy in meine Richtung.

Sie liegt auf dem Bett und fummelt mit ihrem Smartphone herum.

Danke, Judy! Und es wird wohl noch sehr viel länger dauern, bis du kapierst, wie viel Schrott aus deinem Mund kommt!

Ich stelle mich taub und vergrabe mich in den Büchern. Nicht mal einen Blick gönne ich ihr. (Smile and ignore! Na ja, oder in diesem Fall auch: *Nicht* lächeln und ignorieren.) Irgendwann wird es der Glitzerzicke hoffentlich zu langweilig werden, ins Leere zu reden.

Na endlich! Nach einer Viertelstunde und ein paar weiteren nervigen Bemerkungen („Hast du diese Hose selbst genäht?", „Und du hast eeecht noch nie was von Darwin gehört?") verlässt Judy unser Zimmer.

„Da könnte ich ja genauso gut mit einer Wüstenmaus zusammenwohnen!", brummt sie und knallt die Tür zu. „Die antwortet genauso viel wie du!"

Mit einer Wüstenmaus? Tja, mit der würde ich auch lieber hier wohnen, liebste Judy!

Genau da klingelt mein Handy.

Nana!

Mist! Ich hab mich seit Samstagmorgen nicht gemeldet. Sie hat mir ungefähr dreihundert SMS geschickt.

Wenigstens ist Judy gerade raus – perfektes Timing!

„Angie, dear! Warum rufst du nicht zurück?", legt Nana los, kaum dass ich das Gespräch angenommen habe. „Warum ist dein Handy immer aus?"

„Tut mir leid, hier ist einfach so viel los", antworte ich wahrheitsgemäß. „Und in die Schule darf ich's nicht mitnehmen."

Das stimmt. Nach der Mittagspause ist Studierzeit, danach stehen die verschiedenen teilnahmepflichtigen Zusatzkurse an. Am Montag ein Kunstprojekt (für mich die Theater-AG) und heute hatte ich eine Schnupperstunde „Musik". (Ich hab Schlagzeug „gespielt", hihi!)

Viel Zeit bleibt da einfach nicht übrig.

Nana seufzt besorgt.

Klar, ich bin erst vier Tage weg, doch für meine Großmutter ist das natürlich eine halbe Ewigkeit. Seit meine Eltern tot sind, waren wir keinen einzigen Tag getrennt.

„Wie geht es dir? Wie ist es in Cornwall?", fragt Nana.

„Etwas regnerisch", antworte ich – denke dabei allerdings mehr an die Glitzergirls, allen voran Judy.

„Kommst du gut zurecht?", fragt Nana.

Na ja, gut ist vielleicht was anderes. Aber ich weiß genau, dass Nana nicht hören will, dass ich mir von ein paar blöden Zicken die Laune verderben lasse. Außerdem weiß ich eh, welchen Spruch sie aufsagen würde.

„Ist alles noch ein bisschen neu", sage ich ausweichend.

Und vielleicht wird es ja wirklich mit der Zeit besser. Judy und ich werden uns schon aneinander gewöhnen.

Pippa glaubt ja, Judy will mich aus dem Zimmer ekeln, damit sie den Raum für sich allein hat. Das hat sie mit ihrer letzten Mitbewohnerin, einer Chinesin, die nun in South-wood wohnt, auch geschafft.

Aber mich kriegt sie nicht so schnell klein.

Tagsüber sehe ich ja zum Glück praktisch nichts von ihr. Da ist sie zu beschäftigt damit, wichtige News über Cremes und reiche Junggesellen oder den letzten Hollywood-Tratsch auszutauschen. Und abends, so wie jetzt auch, zieht sie mit den anderen Glitzergirls ab in den Park zu den Scha-fen. (Wer kommt hier von der Alm, hm?)

Natürlich habe ich längst mitgekriegt, dass dort auch gerne etliche Jungs rumhängen. (Besonders Moritz' Stimme ist deutlich rauszuhören. Also jedenfalls, wenn man das Fenster auflässt.) Aber wie interessant kann es sein, sich im Dunkeln die Füße platt zu treten und Aretha, Madonna und Pixie beim Kauen (oder beim Blök-Wettbewerb) zuzuhören?

Ich erzähle Nana ein paar unverfängliche Sachen über den anspruchsvollen Unterricht, das gesunde Frühstück und die historischen Räumlichkeiten und verspreche ihr dann, mich spätestens am Wochenende zu melden.

„Aber wenn irgendetwas passiert, dann meldest du dich sofort, ja?"

„Natürlich, Nana!", verspreche ich.

Also wirklich! Was soll hier groß passieren? (Außer, dass man mal Ratten am Schuh kleben hat …)

Ich bin froh, als ich mich wieder in die Schulsachen vergrabe. Aber auch ein wenig mutlos. Ob ich das hier wirklich alles schaffe?

Nicht nur, was den Unterrichtsstoff angeht, sondern auch all das restliche Neue! Sich zwischen so vielen anderen Menschen zurechtzufinden, ist schwieriger, als ich dachte. Man ist so gut wie nie allein. Man kann fast nie abschalten und einfach mal seinen eigenen, ganz privaten Gedanken nachhängen …

Die erste Schulwoche vergeht wie im Flug.

Den Kunstunterricht finde ich toll. Unsere Lehrerin, eine ganz junge Amerikanerin aus New York, ist voller Ideen. Wir sollen in einer Gruppenarbeit ein Horrorhaus gestalten, als Videoprojekt. Das ist genau das Richtige für Bailey, die liebt alles, was mit Grusel zu tun hat!

Und sogar Physik, das nächste Fach, vor dem ich Bammel

hatte, macht Spaß! Der Lehrer, Mr Baxter, ein alter niedlicher Typ, freut sich über seine Formeln wie ein Kind über Weihnachten. Das ist richtig ansteckend!

Im Schwimmen bin ich sogar so gut, dass mich die Sportlehrerin Miss Morley zum Probetraining der Wasserballmannschaft einlädt. Da haben sich die allmorgendlichen Bahnen im Pool also ausgezahlt.

Und ich habe meine erste Reitstunde, auf der lieben, braven Schimmelstute Titania. Als ich meine Runden an der Longe drehe und die Spätsommersonne über die grünen Wiesen von Cornwall scheint, macht mein Herz einen Sprung.

„So schön hier!", rufe ich glücklich zu Raine hinüber, die mir vom Zaun aus zusieht.

Auch außerhalb des Unterrichts gelingt es mir, die Woche ohne weitere peinliche Katastrophen zu überstehen. Und so perlen Judys Sprüche einfach an mir ab.

Am Freitag bin ich blendender Laune. Judy hat praktisch aufgehört zu nerven und straft mich stattdessen nun ebenfalls mit Ignoranz. Herrlich!

Mit den Mädels gegenüber (plus Raine und Pippa) hab ich mich richtig angefreundet. Ich bin fast jeden Abend bei Bailey und Hettie im Zimmer gegenüber. (Ich kann ja nicht den ganzen Abend mit Lernen verbringen!)

Auch jetzt sitzen wir zusammen, allerdings auf dem Steg

draußen am See. Die Rudermannschaft hat schon wieder ihr Training aufgenommen. Wir lassen die nackten Füße über das Wasser baumeln und freuen uns nach der überstandenen ersten Schulwoche auf das Wochenende.

Bailey lässt mal wieder Storys von ihren vier kleinen Brüdern raus – zum Totlachen! Ihre Eltern sind beide Schönheitschirurgen und leiten eine Privatklinik in London. Der lange Weg mit dem Auto von ihrem Landsitz (wo Bailey aufgewachsen ist) in die Stadt scheint ihnen nichts auszumachen. Um die vier kleinen Jungen zu beaufsichtigen, haben sie ein polnisches Au-pair-Mädchen zu Hause – das die vier Racker aber natürlich kein Stück im Griff hat. Ich kann gut verstehen, dass Bailey froh ist, hier im Cornwall College zu sein, wo sie nicht dauernd über Brüder stolpert. Und wo so leckere Jungs wie Ben beim Rudern ihre Oberkörper stählen ... Mit glänzenden Augen schielt sie immer wieder zu ihm rüber.

Auch Pippa gibt verrückte Geschichten von ihrem Zwillingsbruder Eden zum Besten, der wenige Meter von uns entfernt als Steuermann – bewaffnet mit einem Megafon – die Rudermannschaft antreibt. Wenn der wüsste, was Pip hier für Peinlichkeiten ausplaudert!

Pip und Eden haben schon in der Grundschule die frechsten Streiche ausgeheckt. Weswegen ihre Eltern sie auch –

laut Pippa – so schnell wie möglich in ein Internat verfrachtet haben. Was Pippa und Eden aber total klasse fanden. Und ihre Eltern auch: So können sie sich in Ruhe um ihre Patienten kümmern. Pippa sagt, dass ihre Eltern oft auch am Wochenende nicht nach Hause kommen, dazu ist der Weg nach London zu weit.

„Mädels, was bin ich froh, dass die Ferien vorbei sind!" Pippa seufzt glücklich und wirft ein Steinchen ins Wasser. „Ihr glaubt nicht, wie langweilig es bei uns im Dorf ist!"

Ihre Familie wohnt auf dem Land irgendwo in der Mitte von Nirgendwo. Na ja, genauer gesagt in Nord-Yorkshire, aber das ist ja fast Nirgendwo.

„Echt! Mitten in der Wildnis", jammert Pippa.

Hier in England scheinen die reicheren Familien entweder in der Innenstadt von London oder ganz weit draußen auf dem Land zu leben. Aus anderen englischen Städten außer der Hauptstadt London kommt niemand.

Hettie scheint die Einzige zu sein, die nicht gerade jeden Morgen in Geld badet. Ganz im Gegenteil.

„Mein Vater ist Schaffarmer", erzählt sie ein bisschen schüchtern. „Ich bin die Erste in unserer Familie, die vielleicht A-Level machen wird."

Die A-Level-Prüfungen sind das englische Abitur.

„Was heißt hier vielleicht!", unterbricht sie Pippa und bufft freundschaftlich ihre Schulter gegen Hetties. „Du wirst sogar die besten A-Level von uns allen kriegen — da gibt's ja wohl gar keinen Zweifel, du Genie, du!"

Hettie kichert schüchtern. „Ach Quatsch! Aber es wäre schön, wenn ich so lange noch hierbleiben könnte."

„Natürlich wirst du das!", unterstützt sie nun auch Bailey. „Wieso denn nicht? Mach dir nicht immer so viele Sorgen! Wenn du das Stipendium verlieren solltest, dann rufe ich meine Eltern an und wir legen alle zusammen!"

„Ach Quatsch", sagt Hettie wieder und lächelt.

„Kann denn so was passieren?", frage ich erstaunt.

„Natürlich nicht!", antwortet Pippa mit Nachdruck. „Hettie macht sich einfach immer Sorgen um alles und jeden. Achte gar nicht auf sie!"

„He!" Hettie gibt Pippa mit der Schulter einen liebevollen Knuff zurück. „Cara, achte nicht auf *sie*! Achte bitte auf MICH." Wir müssen alle lachen.

Ich bin glücklich. So hab ich mir das Leben auf dem Internat immer vorgestellt: mit Freundinnen Zeit verbringen, quatschen und kichern …

„Aber jetzt erzähl endlich mal von dir, Cara!", bittet Pippa. „Außer dass du aus Deutschland kommst …"

„… und vermutlich nicht von der Alm …", unterbricht sie Bailey kichernd.

„… wissen wir ja noch nicht viel von dir", beendet Pippa ihren Satz. „Oder bist du vielleicht doch von der Alm?"

Ich grinse. Es ist überhaupt nicht schlimm, wenn man nett auf den Arm genommen wird.

„Also: Du versuchst ab und zu mal, das Bezahlen zu umgehen", fährt Pippa ungerührt fort. „Und was noch?"

Jetzt schäme ich mich doch wieder. Bestimmt werde ich rot. Was Pippa und Bailey aber nicht weiter zu stören scheint. Sie kichern fröhlich weiter. Trotzdem – es ist mir immer noch megapeinlich, dass ich am Flughafen so dämlich war.

„Ich hab Moritz sein Geld ja zurückgegeben", verteidige ich mich halbherzig.

Und zwar bei der ersten Gelegenheit, am wunderbaren aktivitätsfreien Mittwochnachmittag (der eigentlich für Sportturniere reserviert ist, die aber erst nächste Woche beginnen). Direkt nach der Lernzeit habe ich Matron nach der nächsten Bank gefragt. Es stellte sich heraus, dass die in Truro ist, einem kleinen Ort ein paar Meilen von hier.

Es kostete mich die gesamte freie Zeit bis zum Abendessen, um mit dem Bus (für den ich mir Geld von Pippa leihen musste – noch peinlicher!) dorthin zu fahren, zur Bank zu gehen und wieder zurückzufahren.

Aber immerhin: Nana hatte mir die richtige Geheimzahl genannt, der Automat hat brav Geld ausgespuckt und ich bin mit dickem Portemonnaie wieder zurückgekommen. Schnurstracks ins Jungenhaus, hab nach Moritz Ankermann-Schönfeld gefragt (was dort natürlich mit hemmungslosem Kichern aufgenommen wurde – ein neues Mädchen, das nach Moritz fragt, höhöhö, sehr komisch!) und ihm das Geld in die Hand gedrückt. Ich habe es sogar noch geschafft, ein „Danke fürs Auslegen" hinzuzufügen.

„Kleine Fische!", grunzte der Idiot natürlich. ('ne große Auswahl an dämlichen Sprüchen hat er jedenfalls nicht!) Doch da hatte ich mich praktisch schon umgedreht und sah zu, dass ich so schnell wie möglich wieder weg kam.

„Also los!", ermuntert mich Pippa. „Oder siehst du so verklärt aus, weil du gerade so schön an Moritz denkst?"

„Hä?", mache ich und zucke zusammen. „Der kann mich mal mit seinen Angeber-Fischen!", blubbere ich raus, ohne nachzudenken. „Ich hoffe, dass ich so wenig wie möglich mit ihm zu tun habe!"

Bailey und Pip sehen sich überrascht an und prusten lachend los. Die Blödis!

„Im Ernst, Cara", ermuntert mich Bailey, „erzähl doch mal ein bisschen von dir! Von deiner Familie."

Na großartig! Das musste ja kommen!

Ich hole tief Luft und versuche, in Sekundenschnelle noch mal alles abzurufen, was ich mit Nana einstudiert habe.

Immer unauffällig bleiben!

„Ähm … Ja, also … Da gibt es nicht so viel zu erzählen …", beginne ich ein wenig unsicher. „Meine Eltern sind schon lange tot und ich lebe mit meiner Nana zusammen."

„Mit deiner Großmutter?"

„Nur ihr beide?"

Bailey, Pippa und Hettie gucken mich gespannt an. Ganz offensichtlich ist ihnen das noch nicht genug.

Ich fange an, mich etwas mulmig zu fühlen. Jetzt nur keinen Fehler machen!

„Was waren denn deine Eltern von Beruf?", fragt Hettie nun mit sanfter Stimme.

„Och …", antworte ich langsam, um Zeit zu gewinnen. „Mein Vater hatte, als er jung war, die Tischlerei von seinem Vater übernommen. Die hat er danach etwas ausgebaut." Ich mache eine kleine Pause. „Aber dann hatten meine Eltern diesen Unfall …"

„Du brauchst nicht weiterzuerzählen, wenn du nicht magst", unterbricht mich Hettie, die merkt, dass ich mich nicht wohl in meiner Haut fühle.

„Und ist auch echt nicht schlimm, wenn deine Familie nicht viel Geld hat", wirft Pippa sofort unterstützend ein. „Kann ja nicht jeder so stinkstiefelig reich sein wie Danielle Trout oder Amy Rawson."

„Oder Judy Million-Dollar-Baby Arnold!", fügt Bailey mit genervtem Augenaufschlag hinzu.

„Was machen denn deren Eltern?", hake ich nach.

Schnell ablenken.

Schnell nach den anderen fragen.

„Danielles Vater ist der Ketchup-König von Großbritannien", kichert Pippa sofort. „Kennst du nicht Trout's Tomato Ketchup? Hat Dannys Urgroßvater in den Fünfzigern gegründet und ihr Großvater ist damit in den Siebzigern stinkreich geworden."

„Der Kääääääättchup, der nach Liebe schmeckt!!", trällern Bailey, Hettie und Pippa im Chor beeindruckend laut den Werbesong der Firma. So laut, dass sich die Jungs im Boot neugierig zu uns herüberdrehen. Doch Eden gönnt ihnen keine Pause und so müssen sie tapfer weiterrudern.

Wir kichern und ich zucke mit den Schultern. „Hab ich echt nie gehört. In Deutschland gibt's diesen Ketchup jedenfalls nicht."

„Oh mein Gott!" Pippa rauft sich gespielt verzweifelt die Haare. „Wie könnt ihr da bloß überleben?"

Ich lache. „Eigentlich ganz gut, danke."

Und bevor das Gespräch womöglich wieder auf mich kommt, frage ich schnell weiter: „Und was machen Amys Eltern? Und Judys?"

„Amys Mutter ist – jetzt halt dich gut fest", sagt Pippa, „ … Raw."

Ich schaue sie verwirrt an.

„Don't you bloody dare to leave me", fängt Bailey an zu trällern.

„Raw? Die Sängerin???" Das glaub ich ja nicht. Der Song läuft seit Wochen auf meiner Playlist rauf und runter!

„Yep", nickt Pippa, zufrieden mit meiner Reaktion. „Eine Million Grammys. Oft kopiert, nie erreicht."

„Wow!" Das muss ich erst mal verarbeiten.

„Und Amys Vater ist irgendwie Musikproduzent oder so was", fährt Bailey fort. „Aber vor kurzem haben sie sich getrennt. Sie ist jetzt ganz frisch mit Guy Aubrey zusammen, dem Schnuckel aus Lost Hero Number Nine." Sie kichert. „Dabei ist der bestimmt zwanzig Jahre jünger als sie."

Stimmt, ich hab so was gelesen, in einem Klatschmagazin im Flugzeug. Wie das sein muss, wenn die ganze Welt über das Liebesleben der Eltern tratscht? Fast kann Amy einem leidtun …

Bailey taucht einen lackierten Zehennagel ins Wasser und zieht ihn schnell wieder raus.

„Und Judys Dad ist Viehbaron in Texas", erzählt sie weiter.

„Es gibt in Amerika auch Barone und Baronessen?", frage ich erstaunt.

(Meine Vorfahren mütterlicherseits sind alter Adel, worauf Nana sehr stolz ist. Zwar seit Hunderten von Jahren ziemlich verarmt, aber darauf kommt es natürlich nicht an, betont Nana immer würdevoll. In ihren Augen sind Neureiche, also solche, die nicht seit Generationen Geld haben, sowieso die schlimmste Sorte Mensch.)

„Mann!", kichert Pippa. „Du bist echt ein bisschen weltfremd, was?"

Ich?

„Und wie sie jetzt wieder guckt aus ihren großen grünen Kulleraugen!" Pippa schüttelt gutmütig den Kopf. „Cara Winter, manchmal glaube ich wirklich, du kommst von einem fremden Planeten!"

„Viehbaron, das sagt man doch nur so", grinst auch Bailey. „Judys Dad besitzt riesige Herden in Texas. Tausende und Tausende von Kühen. Jeder zweite Burger kommt von ihm."

„Wie bitte!?" Ich kann einen Aufschrei nicht unterdrücken. „Judy kommt aus einem Kuhstall? Na, die hat Nerven! Sagt MIR, ich käme von der Alm!"

Die anderen lachen. „Ach, reg dich bloß nicht über Judy auf! Das lohnt sich überhaupt nicht."

„Ist doch wahr. Wächst zwischen Kuhfladen auf und macht sich über mich lustig!", grunze ich muffelig.

Hettie lächelt spöttisch. „Ich glaube kaum, dass Judy Arnold in ihrem Leben jemals näher als fünfzig Meter an eine Kuh herangekommen ist. Die wohnt auf einer ziemlich anderen Sorte Farm als ich. Die Arnolds haben eine riesige Villa und zig Autos. Judy hat mir mal Fotos auf ihrem Tablet unter die Nase gehalten. Vermutlich könnte sie einen Kuhfladen nicht von einem Schokocrêpe unterscheiden."

Wir lachen. Schöne Vorstellung irgendwie! Judy beißt in etwas rein, das sie für einen Schokocrêpe hält …

„He, ihr faulen Nüsse!", ruft Raine auf einmal zu uns herüber. Sie kommt auf Classic Champion Thunder II. (was für ein Name!) über den Rasen angetrabt, ihrem hinreißenden schwarzen Araberwallach. Ihre Eltern haben ein Zuchtgestüt und einen Rennstall und Raine hat reiten gelernt, noch ehe sie laufen konnte.

Raine sieht toll aus, wie eine Indianerin: Sie trägt eine niedliche rote Bluse, hat sich in ihr dunkles Haar einen süßen seitlichen Zopf mit einem roten Band geflochten und ihre Wangen leuchten. „Wollen wir um die Wette galoppieren?"

„Neben dir hertraben oder was?", ruft Pippa zurück.

„Klar! Und wer gewinnt, dem spendiere ich eine Runde Massage im Spa."

„Um Thunder herumrennen?", fragt Hettie skeptisch. „Dieses Nervenbündel?"

„Hast du schon wieder Schiss?" Pippa springt auf. „Los, kommt mit!"

Bailey tut es ihr nach und wir rappeln uns auch hoch.

Kichernd und japsend joggen wir in Richtung Stallungen, als ich merke, wie Hettie zurückbleibt.

„Kannst du nicht mehr?" Ich folge ihrem irritierten Blick. Gerade noch sehe ich einen schwarzen Van um die Ecke verschwinden.

„Was ist los?" Ich bleibe stehen. „Alles in Ordnung?" Sie sieht mich zögerlich an. „Ich … Ach, nichts!"

„Wo bleibt ihr denn, ihr lahmen Enten?", ruft Pippa.

Da grinst auch Hettie wieder und überholt die überrumpelte Pippa und Bailey in einem grandiosen Endspurt.

„Hey! Das war fies!", rufe ich lachend und flitze hinterher, so schnell ich kann.

Bad news

Als ich am Samstag nach dem Frühstück wieder hoch in mein Zimmer gehe, habe ich richtig gute Laune. Gleich nach dem Mittagessen wollen die Mädels und ich gemütlich runterwandern in das süße kleine Dörfchen Brockhampton St. Johns, in dem es, außer ein paar uralten Cottages mit wild wuchernden Gärten, immerhin eine Bushaltestelle mit Bus nach Truro gibt.

Raine ist schon wieder beim Reiten, Bailey und Hettie fläzen im Aufenthaltsraum herum – Bailey mit ihrem Laptop, Hettie mit einem Stapel Zeitungen – und Pippa schläft aus. Das gibt mir gemütlich Zeit, mit Nana zu telefonieren.

Judy ist zum Glück schon eben abgehauen. Sie verbringt den Tag mit den anderen Glitzergirls in Newquay, wo es irgendein hippes Surfercafé gibt – mit, laut Bailey, „dem besten Vanilla Latte und den coolsten Jungs".

Soll mir nur recht sein: Je weiter Judy weg ist, umso besser. Sie hat gerade beim Frühstück eine Riesenszene gemacht, weil eine ihrer Kreditkarten weg ist.

„Komisch, wer könnte wohl Zugriff auf meine Sachen haben? Und wer hat denn nie Geld dabei?", hat sie gekeift und mich dabei mit ihren Raubvogelaugen durchbohrt.

Ich war völlig sprachlos – aber zu meiner Erleichterung haben noch nicht mal ihre Freundinnen auf ihre Verdächtigungen reagiert. Anscheinend verschlampt Judy dauernd irgendwas.

Und – was das Tollste war – Hettie, Raine und Bailey haben sich vor mich gestellt! Wie echte Freundinnen!

„Lass Cara in Ruhe!", hat Hettie gefaucht.

„Du Dramaqueen", hat Bailey ergänzt.

„Die blöde Karte ist bestimmt wieder in irgendeiner deiner tausend Handtaschen", hat Raine gesagt. „Guck die erst mal durch."

Mann, war ich froh!

Und jetzt bin ich einfach nur glücklich, dass ich das Zimmerchen für mich allein habe …

Ich lege ein paar Kissen aufeinander und mache mich auf meinem Bett breit. Es dauert eine Weile, bis Nana ans Telefon geht. „Hallo, Nana?"

„Aaaah, bist du das, Angie?"

Ihre Stimme klingt müde und abgespannt. Dabei haben wir doch erst Vormittag. So kenne ich Nana gar nicht! Nana ist immer fit.

„Geht's dir gut, Nana?"

Meine Großmutter am anderen Ende der Leitung seufzt. „Ja, natürlich, mein Engel. I'm fine, I'm fine. Mir geht es ganz ausgezeichnet." Gefolgt von einem tiefen Seufzer klingt das leider nicht sehr überzeugend.

„Wie geht es denn dir, mein Kind? Hast du dich schon etwas eingelebt?"

„Oh ja! Heute machen wir einen Ausflug nach Truro", beginne ich, „da wollen wir ..."

„Nach Truro?", unterbricht mich Nana aufgeschreckt. Sie klingt plötzlich hellwach. „Werdet ihr gefahren? Von wem? Und wer ist bei euch?"

Also echt, manchmal übertreibt es Nana wirklich! Ich dachte, sie hat sich ein wenig entspannt, jetzt fängt sie schon wieder genauso an wie zu Hause!

„WIR sind bei uns", antworte ich in extra munterem Tonfall. „Und der Bus fährt uns. Ich bin sicher, die örtlichen Busunternehmen haben sehr gute Fahrer und du brauchst dir also wirklich keine ..."

„Ihr fahrt mit einem öffentlichen Bus?" Nanas Stimme liegt bedrohlich nahe an der Kreisch-Grenze.

Ich hole tief Luft. „Nana! Wir sind hier in Brockhampton-am-Ende-der-Welt, hier gibt es Schafe und sonst nichts! Ich bin doch kein Baby mehr, ich …"

Nana ist nicht zu stoppen. „Das hat mit dem Alter überhaupt nichts zu tun! Ihr nehmt euch bitte ein Taxi!"

„Aber Nan!", versuche ich es noch mal. „Ich bin am Mittwoch auch schon mit dem Bus gefahren. Ganz allein. Das ging total einfach – wirklich. Du musst dir keine Sorgen um mich machen. Ich geh schon nicht verloren."

Seit meine Eltern tot sind, ist Nana eine absolute Überglucke. Völlig unverhältnismäßig, wie eine Mutterhenne, die ihr Küken keine zwei Zentimeter aus den Augen lassen will. Genau deswegen wollte ich ja hierhin, ins Cornwall College. Damit ich atmen kann! Endlich mal normal sein!

„Du bist allein mit dem Bus gefahren?" Nana, die Beherrschung in jeder Lebenslage für eine der Grundfesten der Persönlichkeit hält, verschluckt sich fast. „Das hatten wir nicht abgesprochen!"

Abgesprochen? Ich kann doch nicht jede Bewegung, die ich hier mache, vorher mit ihr absprechen. Also, jetzt übertreibt sie wirklich!

„Du versprichst mir, dass du ein Taxi nimmst!", verlangt Nana in barschem Ton.

Ich antworte nicht.

„Angie? Verstanden?"

Ich atme tief aus.

Ruhig bleiben.

Wenn Nana in dieser Stimmung ist, ist ihr alles zuzutrauen. Am Ende holt sie mich sofort wieder aus dem Internat raus. Und dann kann ich das restliche Jahr mit Miss Gwynn im Haus hocken. Und meine neuen Freundinnen sehe ich nie wieder ...

Nachgeben ist an dieser Stelle also vielleicht besser. (Sie wird sich in den nächsten Wochen schon beruhigen. Hoffe ich!)

„Okay, okay, Nan, wir fahren mit dem Taxi."

„Versprichst du es mir, Angie?"

„Versprochen."

Schade, der Weg ins Dorf ist superschön! Die Sonne scheint und ich habe mich darauf gefreut, mit den anderen gemütlich runterzuzockeln. Außerdem finde ich Busfahren total aufregend!

Mann! Warum ist Nana bloß so?

Meine Großmutter atmet deutlich hörbar aus. „Ach, Angie, am liebsten wäre es mir, du würdest in den nächsten Wochen einfach auf dem Gelände des Cornwall College bleiben. Ich meine, du kannst doch dort so viel unternehmen. Warst du denn schon Tennis spielen?"

„Nana, ich mag kein Tennis!" Jetzt verliere ich doch beinahe die Kontrolle. „Du hast gesagt, ich soll genau das machen, was die anderen auch machen."

Nana seufzt noch mal. „Schick mir eine SMS, wenn ihr im Dorf seid, und noch eine, wenn du wieder zurück bist, ja?" Auch das verspreche ich und erzähle dann noch ein bisschen vom Unterricht, von den Lehrern und von der modernen Shakespeare-Adaption von Romeo und Julia, die wir mit der Theatergruppe einstudieren wollen. Alles ganz harmlos und ungefährlich. Am Ende des Gesprächs hört sie sich leider immer noch nicht glücklicher an.

„Nana, du klingst nicht gut", sage ich schließlich weich. „Ist zu Hause wirklich alles in Ordnung?"

„Ach …" Nana seufzt ein drittes Mal. „Nein, Angie, leider ganz und gar nicht. Bad news …" Sie macht eine Pause. „Ich wollte es dir eigentlich gar nicht sagen, aber … Wir hatten leider etwas Ärger mit Miss Gwynn." Sie zögert. „Angie, wir mussten sie entlassen."

„Miss Gwynn?" Vor Überraschung schreie ich fast. „Entlassen? Aber… aber … Was ist denn passiert?"

Miss Gwynn.

Meine Vertraute. Meine Lehrerin.

Sie ist neben Nana ungefähr der wichtigste Mensch in meinem Leben.

Miss Gwynn tauchte plötzlich auf wie eine Sonne – damals, in den dunklen langen Tagen nach dem Eisgesicht.

Sie hat mich im Arm gehalten, wenn ich die Nacht durchgeweint habe, und mir Schlaflieder vorgesungen.

Sie hat mit mir Verstecken im Garten gespielt, mir die verschiedenen Vogelarten erklärt und mir vorsichtig gezeigt, wie man ihre Eier unterscheidet.

Sie hat mit mir die Brombeerhecken geplündert und mir in unserem Pool Schwimmen beigebracht.

Sie hat Ken High Heels angezogen und mich zum Lachen gebracht, wenn ich traurig und allein in meinem Zimmer vor meinem riesigen Barbiehaus saß.

Sie hat mich aus meiner Starre geholt und wieder hin zum Leben geführt. Das werde ich ihr nie vergessen.

Na ja, und außerdem hat sie mir Französisch beigebracht und Geschichte und – okay, ein kleines bisschen Mathe.

Sie hatte immer Zeit für mich, während Nana sich in die Geschäfte stürzte.

Es war klar, dass sie bei uns bleiben würde, wenn ich im Cornwall College wäre. Sie sollte Bürotätigkeiten für Nan machen, meine weitere Ausbildung für die Zeit nach der Schule planen, solche Dinge eben.

Meine liebe, liebe Miss Gwynn.

Ich kann es nicht fassen.

„Warum?", bringe ich mit erstickter Stimme hervor.

„Nun ja." Nana räuspert sich. Anscheinend ist ihr die Sache unangenehm. „Sie hat … Sie war … Nun, sie hat mich sehr enttäuscht", meint sie schließlich ausweichend. „Es … es gab Unstimmigkeiten."

Unstimmigkeiten? „Was meinst du damit?", hake ich verwirrt nach. Ich kann mir wirklich nicht vorstellen, was Miss Gwynn so Schlimmes gemacht haben soll. „Nana, das muss ein Missverständnis sein. Ich rufe sie sofort an und dann können wir alles …"

„Du wirst sie nicht erreichen", unterbricht mich Nanas Stimme scharf. „Sie hat eine neue Nummer. Wie ich schon sagte …" Nanas Tonfall ist jetzt der, der keine Widerrede duldet. „Sie war nicht mehr tragbar. Glaub mir, es musste sein. Wir kommen auch ohne sie klar."

Kaum hat sich Nana verabschiedet, lasse ich mein Handy wie betäubt aufs Bett fallen. Meine Miss Gwynn!? Die keiner Fliege was zuleide tun kann!

Fängt Nana auf ihre alten Tage vielleicht an, ein wenig am Rad zu drehen? Ich muss noch mal mit ihr reden, wenn sie sich abgeregt hat. Ich bin mir sicher, dass alles nur ein großes Missverständnis ist.

Dieser Vorsatz beruhigt mich ein wenig und ich mache mich auf den Weg hinunter in den Aufenthaltsraum.

Als ich in den Raum komme, räkeln sich Hettie und Bailey gemütlich auf einem der Sofas. Außer ihnen ist niemand sonst im Zimmer.

„Ah, Cara, da bist du ja!", ruft Bailey mir entgegen. „Sag mal, was ist denn dein Facebook-Name? Wir finden dich hier gar nicht."

„Ich bin auch nicht zu finden", antworte ich knapp. „Ich hab gar kein Konto."

„Echt?" Überrascht schaut Bailey von ihrem Laptop auf. „Wow ... Warum denn nicht?"

Weil Nana so etwas nie erlauben würde – auch wenn die ganze Welt bei Facebook ist. Sie ist gegen soziale Netzwerke. Sie ist anscheinend gegen alle meine sozialen Kontakte. Für einen Moment werde ich wütend auf sie. Ich kann es einfach nicht fassen, dass sie Miss Gwynn entlassen hat.

„Ich glaube, du bist der einzige Mensch, den ich kenne, der nicht bei Facebook ist", sagte Bailey, als könne sie Gedanken lesen.

„Mag ich halt nicht so", behaupte ich ausweichend und wechsele das Thema. „Müssen wir für den Health Club eigentlich irgendwas zusammenpacken?"

Bailey klappt ihren Laptop zu. „Eigentlich nur deinen Bikini, sonst haben die alles da: Handtücher, Bademäntel, Frotteepantoffeln, Duschlotionen ..."

„Ich komme nicht mit", sagt Hettie und blättert die Zeitung um.

„Echt?", wundere ich mich.

Auch Bailey schaut hoch.

„Ach komm, das wird doch bestimmt toll!", versuche ich Hettie zu ermuntern.

„Ach nö, ich lese ganz gern mal ein bisschen und trödele so rum", meint Hettie.

„Wirklich? Du willst lesen?"

Hettie lacht. „Wieso? Glaubst du mir nicht?"

Na ja, unglücklich sieht sie da auf dem Sofa tatsächlich nicht aus. Ich fürchte allerdings, dass das nicht die ganze Wahrheit ist.

Ich habe wirklich keine Ahnung, was ein Nachmittag rumplanschen in so einem Luxusspaßbad kostet, aber ich fürchte, dass Hettie ganz einfach nicht so viel ausgeben will. Oder kann …

„Alter Faulhaufen", grummelt Bailey da spaßhaft und Hettie kichert.

„Na gut, schade", sage ich, „aber vielleicht können wir ja heute Abend noch einen Film zusammen gucken oder so?"

Cornwall College hat einen eigenen Kinosaal, wo an den Wochenenden vormittags und abends Filme gezeigt werden.

„Ja, gern!" Hettie nickt fröhlich und blättert zur nächsten Seite.

Sofort ruft Pippa von der anderen Couch: „Heute kommt ein schöner Horrorfilm."

„Oh, cool!", meint Bailey breit grinsend. „Aber wo wir gerade von Horror sprechen: Sollen wir mal rüberschauen, ob das Lunchbüffet schon aufgebaut ist?"

Health und Beauty und Pizza

Von wegen Horror – Bailey beklagt ja sich gern über das Essen hier. Aber ich liebe das Samstag-Lunch-büffet!

Auf den Tischen im großen Speisesaal stehen riesige Tabletts mit Sandwichpyramiden, am Ende des Raums ist eine frische Obst- und Salatbar aufgebaut. Ich nehme Krabbenlimette und Thunfisch-Tomate-Mayo und hole mir dann noch ein Tütchen Chips mit Roast-Chicken-Geschmack. Lecker!

Pippa mampft ihren Zwiebel-Käse-Toast in sich hinein.

„Schade", meint sie, „dass die hier kein chip butty machen. Eden und ich hauen das zu Hause tonnenweise in uns rein." Ich schaue sie fragend an.

„Na, Toastbrot mit Pommes frites, Chips eben!", sagt sie.

„Sag bloß, das kennst du nicht?" Bailey lacht.

Nein, diese britische Spezialität hat mir Nana vorenthalten – Toast mit Pommes! Bäh! Olivier würde sich eher ins Messer stürzen, als so etwas zuzubereiten …

Nach dem Essen muss ich mir eine kleine Notlüge ausdenken, um die anderen zu überzeugen, ein Taxi zu nehmen.

„Es ist so ein schöner Tag!", mault Raine vorwurfsvoll. Sie will am liebsten ständig an der frischen Luft sein.

Ich ziehe eine entschuldigende Grimasse. „Ja, es tut mir auch wirklich leid, aber ich bin so dämlich umgeknickt, dass ich echt nicht laufen kann. Wir könnten uns ja einfach in Truro treffen? Ihr geht schon vor und ich komme dann in einer halben Stunde mit dem Taxi nach?"

„Blödsinn", entscheidet Pippa resolut. „Dann fahren wir halt alle zusammen. Wir können doch das nächste Mal laufen, Raine."

Brummelnd lässt Raine sich breitschlagen.

Und so sitzen wir jetzt im Taxi und fahren im schönsten Sonnenschein (wo wir sooo prima hätten spazieren gehen können – ach, Nana!) die Auffahrt runter zum Tor.

Unsere drei Sängerinnen-Schafe erfüllen auch am Samstag brav ihre Pflicht und grasen und grasen. Direkt vor uns schießt ein Bussard aus einer alten Eiche empor und steigt senkrecht in die Höhe.

Wir fahren in Richtung Dorf, von wo aus wir auf die Hauptstraße nach Truro kommen. Eine Buche neigt sich über die Straße, die Sonne glitzert durch das Blätterdach. Hinter einer niedrigen Steinmauer erstreckt sich eine sattgrüne Wiese. Hier und da blüht noch der letzte Ginster des Spätsommers. Ich denke zum hundertsten Mal diese Woche, was für ein kleines Paradies dieses Cornwall ist.

„Schade, dass Hettie nicht dabei ist", sage ich bedauernd.

Bailey nickt und seufzt. „Ja, ist leider immer das Gleiche. Am Anfang sagt sie zu, aber dann im letzten Moment doch wieder ab. Die Süße hat einfach kein Geld."

„Aber wir könnten doch zusammenlegen!", rufe ich. „Zu viert geht das doch, oder?"

Pippa lacht. „Sweetheart, weißt du, wie oft wir das schon probiert haben?"

„Hettie ist ziemlich stolz", sagt Raine kopfschüttelnd. „Sie lässt sich nicht einladen."

Eine Weile schweigen wir, während das Taxi die schmale Straße entlangkurvt.

Auf halber Strecke zum Dorf steht ein schwarzer Van mitten auf der Fahrbahn und blockiert den Weg.

„Was zum Teufel macht der da?", flucht der Taxifahrer.

Abrupt geht er vom Gas und versucht, das Taxi über den Grasstreifen vorbeizumanövrieren.

Vorne im Van sitzen zwei Männer mit grimmigen Gesichtern. Als er uns sieht, will einer der beiden hastig aussteigen, wird aber von dem anderen zurückgehalten.

„Was für Idioten!", pöbelt unser Fahrer weiter und drückt auf die Hupe. „Parken einfach mitten auf der Straße! Glaubt man ja nicht!"

Als wir hinter dem Van von dem holperigen Wiesenstück zurück auf den Asphalt rollen, hebt der Mann am Steuer entschuldigend die Hand.

Doch unser Fahrer grunzt nur: „Touristen! Sollten grundsätzlich verboten werden!"

Raine, Bailey, Pippa und ich kichern.

Na ja, vielleicht hatten sie einen Motorschaden?, überlege ich.

Würde erklären, warum die so schlecht gelaunt aussahen. Vielleicht hätten wir anhalten und ihnen Hilfe anbieten sollen?

Doch da fängt Bailey an, uns vorzuschwärmen, wer der süßeste Typ aus Year 10 ist, und bald schwirrt mir der Kopf vor lauter Ben hier und Ben da. In null Komma nichts sind wir in Truro.

Was für ein hübsches kleines Städtchen! Nachdem wir die hässliche Umgehungsstraße mit den riesigen Supermärkten und Elektroläden hinter uns gelassen haben, sind die Sträßchen rechts und links von uralten kleinen Häusern flankiert. Ein Pub und ein Fish-and-Chips-Shop neben dem anderen, dazwischen Charity-Shops, also Läden von Wohltätigkeitsorganisationen, in denen man Trödel und Secondhandklamotten kaufen kann.

„Sie können uns jetzt hier rauslassen", ruft Pippa von hinten dem Fahrer zu.

Wie selbstverständlich bezahle ich das Taxi (einfach so – ganz ohne peinliche Zwischenfälle) und folge den anderen aus dem Auto.

Ich freue mich so! Der erste Ausflug meines Lebens mit echten Freundinnen!

Gut gelaunt bummeln wir die Straße entlang und stehen wenig später auf dem kleinen Platz vor der Kathedrale. Doch nicht an dem eindrucksvollen Gebäude bleibt mein Blick hängen. Fasziniert sehe ich dem gemächlichen Treiben auf dem Platz zu: Leute essen ihre Sandwiches, Tauben lauern auf hinabfallende Krümel. Zwei kleine Jungs mit Baseballcaps fahren Skateboard (und fast eine Omi um) und zwei junge Mütter schieben ihre Kinderwagen vorbei und unterhalten sich über die Vor- und Nachteile verschiedener Kekssorten.

Das ganz normale Leben.

Ich atme aus. Hier gefällt es mir.

Gerade läuten auch noch die Glocken hinter uns. Es ist drei Uhr.

Die Kathedrale von Truro ist die einzige in Cornwall. Ich gucke zum Eingang rüber. Einen Blick würde ich ja schon mal gerne hineinwerfen.

„Das können wir später auch noch", sagt Pippa ungeduldig und zieht mich am Ärmel in eine andere Richtung.

„Genau", meint Raine und dehnt ihre Beine. „Ich hab ganz schön Muskelkater. Jetzt brauch ich erst mal ein bisschen Luxus!"

Luxus! Das kann man wohl sagen!

Das Health & Beauty Spa Sweet Virginia liegt in einer kleinen Seitengasse nicht weit von der Kathedrale. Die Eingangstür sieht relativ unspektakulär aus. Doch sobald man sie öffnet, strömt einem ein überwältigender Duft entgegen.

„Mmmmh", macht Bailey und atmet tief ein. „Ich liebe diese Öle!"

Der Raum ist lichtdurchflutet und luftig. Alles ist grün und hell und angenehm warm. Durch ein großes Glasfenster sieht man hinüber zu einem Innenhof mit hellen Holzliegen, Pool und Palmen und tropischen Blumen. Leise, entspannende Musik plätschert vor sich hin.

Schon schwebt uns Kayleigh (das steht jedenfalls auf dem Schildchen an ihrem Ausschnitt), die freundliche Empfangs-

dame, entgegen und überreicht uns strahlend einen Begrü-
ßungsdrink: einen Mini-Fruchtcocktail mit Gurkenscheibe.
Ohne Alkohol natürlich. Es geht ja um Fitness!

„Willkommen im Sweet Virginia", sagt sie. „Schön, dass ihr
da seid!"

„Das finden wir auch", grinst Bailey.

Kichernd stoßen wir an.

Kayleigh begleitet uns zur Empfangstheke.

„Wir haben heute leider ein kleines Problem mit der Kasse", erklärt sie. „Könntet ihr vielleicht mit Karte bezahlen?"

„Klar, wir lieben Plastik", meint Pippa und zückt ihr Portemonnaie.

Tsss, jetzt, wo ich endlich Bargeld habe! Na, egal! Ich fum-
mele meine nagelneue Kreditkarte hervor.

Raine, Bailey und Pippa ziehen ihre Karten durch das Lese-
gerät, zum Schluss bin ich an der Reihe.

Gerade will ich die Karte einstecken, da reißt sie mir Pippa
mit einem Ruck aus der Hand.

Hey! Was? NEIN!!!

„Hohooo!", ruft Pippa neckend. „Was sehe ich denn da,
sind wir etwa schon im Platin-Club? Bist ja doch nicht so
ein armes Mäuschen, hm?" Als sie mein schreckgeweitetes
Gesicht sieht, kichert sie übermütig und wedelt mit der
Karte hoch über unseren Köpfen.

NEIN – NEIN – NEIN!

Wie eine Irre schmeiße ich mich auf Pippa und angele nach meiner Karte. „Gib die sofort wieder her!"

Pippa hält verdutzt inne. So viel geballte Wut hat sie nicht erwartet.

Sie lässt ihre Hand sinken.

„Hier", gibt sie irritiert nach, „reg dich ab!"

Mit einem Ruck reiße ich ihr die Karte weg und atme tief durch. Good Lord, das war knapp! Ich bin so erleichtert, dass ich direkt lächele. Ist zum Glück noch mal alles gut gegangen!

Leider scheint Pippa meine Freude nicht zu teilen. „Sag mal, spinnst du? Du tust ja so, als hätte ich dir das Ding stehlen wollen!"

Auch Raine und Bailey (und sogar Kayleigh) gucken reichlich erstaunt.

Pippa hat ja Recht, schließlich hat sie nur ein bisschen rumalbern wollen. Zumindest theoretisch.

Aber als ich die Karte in ihrer Hand sah, da … da war nur noch Panik in mir. (Und im Geiste hörte ich Nana ebenfalls aufkreischen!)

Leider guckt Pippa jetzt nicht mehr nur verdutzt, sondern auch ein wenig feindselig. „Du tust gerade so, als hättest du was zu verbergen."

Bailey versucht, die Situation zu entschärfen, und grinst. „Wahrscheinlich hat Cara die Karte doch Judy geklaut! Die hat sich heute früh aufgeplustert wie 'ne Weihnachtsgans, weil ihre weg ist. Mal wieder!"

Mir wird auf einmal ganz schlecht.

„Echt?" Pippa, die das Frühstück ja verschlafen hat, kichert. „Ach so! Na, wenn Cara Judys Karte geklaut hat", gluckst sie, „dann sollten wir uns heute mal die doppelte Ganzkörpermassage leisten – auf Rechnung unserer Cowboy-Prinzessin, höhöhö!"

„Los, Cara", fängt jetzt auch noch Raine an und grabscht lachend nach dem Plastikteil, „lass mal sehen! Welcher Name steht denn drauf, hm?"

Welcher Name …? NEIN!!!

„Hört auf!!!" Mein Lächeln gefriert. „Das ist nicht witzig!" Ich blitze die Mädchen böse an.

„Meine Güte, Cara!" Raine schüttelt den Kopf und legt mir die Hand auf den Arm. „Was ist denn los? Das ist doch nur Spaß! Wir unterstellen dir doch nicht ernsthaft, du könntest die Karte gestohlen haben!"

Alle drei gucken mich an, ohne ein Wort zu sagen.

Mein Herz bleibt fast stehen.

Doch ein paar Sekunden später fängt Pippa wieder an loszuprusten und rempelt mich freundschaftlich an.

„Hey!", mache ich verdutzt.

„Du bist schon eine ziemlich verrückte Nudel, Cara Winter!", lacht Pippa ungerührt.

Bailey legt den Arm um mich. „Komm, wir duschen dich mal kalt ab!"

Ich gebe keine Antwort. Mit etwas verkniffenem Gesichtsausdruck schiebe ich die blöde Kreditkarte endlich in das Gerät, tippe die Geheimzahl ein und ziehe sie nach der Zahlung eilig wieder zurück.

Dann drehe ich mich zu den anderen und lächele schief.

„Tut mir leid, Mädels", sage ich leise. „Wir können jetzt."

Leider ist die Stimmung nun etwas versaut (ich kann es den anderen nicht übel nehmen), doch zum Glück nicht lange.

„Hey, heute ist Waikiki-Day!", ruft Pippa schon fünf Minuten später begeistert, als wir nach dem Umkleiden durch die Glastür in den Spa-Bereich gehen.

Und tatsächlich − in der Lounge hängen wunderschöne Orchideenblüten an den Wänden. Die Räume sehen total verzaubert aus. Die Kellnerinnen, die Getränke servieren, tragen Hula-Röckchen über ihren Bikinis und die Bar ist mit langen Schilfbüscheln geschmückt, während aus den Lautsprechern leises Rauschen von Wellen dringt.

Ich muss unwillkürlich lächeln. Die dumme Szene von eben habe ich − wie die anderen hoffentlich auch − fast vergessen.

„Oooooh!", kreischt Bailey entzückt, als ihr jetzt ein junger (zugegeben ziemlich gut aussehender) Mann einen Blumenkranz auf den Kopf setzt.

„Willkommen am Waikiki-Beach Hawaii!", säuselt er freundlich. „Haben die jungen Damen Massagen gebucht oder gehen Sie gleich durch in die Thermen-Landschaft?"

Bailey lächelt ihn an wie eine hypnotisierte Kuh den Mond. Ein kräftiger Schubs von Pippa („Erde an Bailey, Erde an Bailey – bitte kommen!") bringt sie auf den Boden zurück.

„Wir haben jede eine Gesichtsmassage gebucht", antwortet Pippa trotzdem sicherheitshalber für sie.

Der hübsche Mann und sein entzückend geschwungener Mund lächeln nun auch.

Und Baileys Gesicht? Ich glaube, das nennt man Ferrari-Rot. Uiii…je! Bevor es noch peinlicher werden kann, zieht Pippa sie schnell weiter.

Wir anderen bekommen natürlich ebenfalls bunte Kränze und außerdem ein weiteres Begrüßungsgetränk – einen leckeren grünen Smoothie in einer halben Kokosnuss. Schlürfend schlendern wir rüber in den Spa-Bereich und entspannen wenig später in wunderbar flauschigen Bademänteln auf vier nebeneinanderstehenden Liegen.

Bailey lächelt immer noch etwas vernebelt. (Obwohl ihre Hautfarbe fast wieder normal ist.)

„Aber er hat mir di-rekt in die Augen gesehen – habt ihr das nicht gemerkt?", stöhnt sie von ihrer Liege aus.

„Warum sollte er dir denn nicht in die Augen gucken?", gibt Raine herzlos zurück. „Der guckt jeder in die Pupillen. Dafür wird er bezahlt, Baby!"

„Hach …", meint Bailey unbeeindruckt. „Ich glaube, ich geh nachher noch mal hin zu ihm und frage, ob er Lust hast, sich morgen auf einen Kaffee mit mir zu treffen."

„Das wirst du nicht tun!" Ich sehe, wie Pippa neben mir sich entrüstet aufrichtet. „Du hast doch wohl 'nen Knall! Der ist mindestens zwanzig."

„Hach …!", seufzt Bailey noch mal und rekelt sich auf der Liege. „Na und? Was ist denn dabei?"

„Du spinnst!", macht Pippa ihre Meinung in zwei Worten klar.

Doch dann lässt auch sie sich wieder sinken und grunzt nur noch ab und zu vor sich hin.

Als kurz darauf sanft massierende Hände unsere Gesichter verwöhnen, gibt für eine Weile auch die leicht entflammba-re Bailey Ruhe.

Die Masseurinnen beginnen mit unserer Stirn und nehmen sich dann sorgfältig jeden anderen Millimeter unserer Ge-sichter vor. Wir lassen uns klärende Mineralcremes und duf-tende Lotionen in die Haut reiben und … genießen.

Meine Güte, ist das schön! Warum haben Nana und ich uns das nie geleistet?

Als wir eine halbe Stunde später in den Whirlpool hüpfen, sind wir happy wie vier Kätzchen auf einem Sonnendach. Um uns herum duften die Orchideen … und für einen Moment habe ich wirklich beinahe das Gefühl, weit weg am Waikiki-Strand in den Wellen zu planschen.

Über dem größten Pool (mit Wellenmaschine) ist ein riesiges altmodisches Glasdach, durch das Sonnenstrahlen das Wasser glitzern und schimmern lassen. Ich aale mich in den warmen Wellen, schließe die Augen, lasse die Sonne meine Haut kitzeln und versinke für die nächste Stunde in einer riesigen warmen Waikiki-Wattewolke.

Als wir das Sweet Virginia verlassen, winkt Bailey noch mal mit klimpernden Wimpern dem Barmann zu und fängt prompt wieder an zu schwärmen.

„Uuuiii, ist der hot! Oder? Jetzt sagt doch mal!" Sie seufzt. „Vielleicht wäre er ja wirklich gern mit mir einen Kaffee trinken gegangen!"

„Ja, und vielleicht geht er ja auch wirklich gern", raunzt Pippa, „mit jeder jungen Spa-Besucherin einen *Kaffee* trin-

ken! Das sieht man dem doch zehn Meilen gegen den West-
wind an!"

So wie sie das Wort Kaffee betont, klingt es wie etwas höchst
Unanständiges.

„Himmel, bist du spießig!", jammert Bailey. „Altmodische
Spaßbremse!"

Pippa schnaubt verächtlich. „Bitte, dann geh doch hin zu
ihm und frag ihn, ob er sich mit dir treffen möchte. Aber
heul uns hinterher nicht die Ohren voll, wenn er dich beim
nächsten Spa-Besuch nicht mal mehr kennt."

„Pffff", macht Bailey nur.

Doch als wir dann in der kleinen Pizzeria beim Abendessen
sitzen, gibt sie es tatsächlich auf, von dem traumhaften Mr
Hawaii zu quatschen.

In meinem Bauch ist ein glückliches warmes Gefühl. Ich
weiß gar nicht mehr, wann ich zuletzt einen so schönen Tag
erlebt habe.

Die Pizza schmeckt köstlich und der Kellner der Pizzeria
sieht aus wie George Clooney in jung. Kein Wunder, dass
Bailey schon wieder ganz hin und weg ist. Selbst ich finde,
dass der Kerl ganz außerordentlich freundlich lächelt … Sogar MICH anlächelt! (Ähm … na ja – und die anderen natürlich auch.) Aber – seufz – ich bin leider viel zu vernünftig (oder zu ungeübt?), um zurückzulächeln.

„Du siehst echt süß aus, Cara!", mümmelt Raine genau mitten in diese etwas niederschmetternden Überlegungen hinein und beißt genüsslich in ihre Peperoni-Anchovis-Oliven-Pizza.

Ich habe mich nämlich von den dreien überreden lassen, mich nach dem Baden noch professionell schminken zu lassen.

„Der weiße Lidschatten steht dir super!", nickt auch Pippa anerkennend. „Ich kann nicht glauben, dass du noch nie Make-up benutzt hast!"

Ich lächele verlegen und denke: Wenn ihr wüsstest, wie Nana bei meinem Anblick jetzt ausflippen würde!

Doch stattdessen schlucke ich meinen Bissen Lachspizza runter und frage: „Kommt ihr jeden Samstag hierher?"

Pippa, Raine und Bailey schütteln die Köpfe. „Nein, das wäre doch langweilig. Nächstes Wochenende wollten wir nach Monaco jetten. Da ist es um diese Jahreszeit noch total schön. Raines Eltern haben eine Dauersuite in einem Hotel gemietet, da ist Platz ohne Ende. Hast du Lust mitzukommen?"

Und ob ich Lust habe! Hui! Ich glaube, gerade eben fängt mein richtiges Leben an!

Ich werfe unauffällig einen Blick in den Spiegel an der Wand gegenüber.

Ja, die Girls haben Recht. Ich sehe wirklich nicht allzu schlecht aus. Kein bisschen aufgedonnert. Das Make-up sieht man kaum, aber ich sehe irgendwie … gleichmäßiger aus. Und – ja – hübscher! Cool!

Yay, Leben – Achtung! Hier kommt sie:

die einzige, die echte … Cara Winter!

Heimweg mit Ästen

Sooo schön hier, denke ich, als ich auf der Heimfahrt aus dem Busfenster schaue. Und dabei ist Cornwall nur so ein winzig kleiner Flecken Erde – wie wenig ich doch gesehen habe von der weiten, weiten Welt!

Es ist fast acht Uhr und langsam beginnt die Dämmerung. Das kleine Dorf sieht im Zwielicht noch romantischer aus als am Tag. Das färbt ab. Da wird einem selbst gleich ein bisschen schwülstig und tiefsinnig und überhaupt so zumute. Hach – vielleicht wird sich mein Leben hier schlagartig ändern? Vielleicht werde ich im Cornwall College ein ganz anderer Mensch werden? Vielleicht *tatsächlich* Cara Winter? Und wieder hüpft ein kleiner, aufgeregter Glücksfrosch in meinem Magen herum.

„Was für ein toller Tag!", seufzt auch Raine zufrieden und reckt und streckt sich, als wir aus dem Bus steigen. Dann guckt sie mich prüfend an. „Und dein Knöchel scheint auch wieder in Ordnung zu sein, was?"

Oh, Himmel! Schlagartig fällt mir ein, dass ich mein Taxi-Versprechen auf dem Rückweg völlig vergessen habe.

Ich nicke etwas schuldbewusst wegen der Notlüge mit dem umgeknickten Fuß. „Oh, ja! Sorry, dass ich vorhin so einen Trouble mit dem Taxi gemacht habe. Ich hätte mich nicht so anstellen sollen!"

Um ehrlich zu sein, ärgere ich mich sogar fast, dass wir auf dem Hinweg nicht ebenfalls schon den Bus genommen haben. Wie viel Spaß das gemacht hat, an den kleinen Haltestellen zu stoppen und zu beobachten, wie die Leute ein- und aussteigen …

Ach, Nana mit ihrer ewigen Sorge! Wenn sie nur nicht ständig so übertreiben würde! Was bitte soll in einer menschenleeren Gegend wie dieser schon passieren?

Hups, ganz so menschenleer ist die Gegend dann doch nicht. Denn als wir jetzt in die kleine Lane einbiegen, die zum Brockhampton Castle führt, sehen wir, wie in der Ferne zwei Männer gegen ein Auto lehnen, das unter einem Baum parkt. Es macht fast den Eindruck, als würden sie uns entgegenschauen.

„Sag mal, bin ich blöd oder ist das genau der Van, der heute Mittag auch schon dort stand?", fragt Pippa verblüfft und kneift ihre Augen zusammen. „Der von vorhin war doch auch schwarz, oder?"

„Sieht auf jeden Fall so aus", bestätige ich.

Wir gehen neugierig weiter. Wenn das dieselben Leute sind, haben die dann den ganzen Tag auf dieser Straße verbracht? Die beiden Männer rühren sich keine Handbreit. Aber immer wieder blicken sie auf, hinüber zu uns.

„Das *ist* der gleiche Van!", sagt Bailey, als wir nur noch ein paar Hundert Meter entfernt sind. „Ist ja komisch."

Wir gehen etwas langsamer.

„Wie die gucken!", findet nun auch Raine und rückt etwas dichter an mich ran. „Irgendwie sehen die nicht sehr sympathisch aus, oder?"

Da kann ich ihr eigentlich nur zustimmen. Der eine, schmal, drahtig, mit ungesunder gelblicher Gesichtsfarbe, hat sich eine karierte Schildmütze tief über die Stirn gezogen. Der andere ist ein richtiger Bär und könnte mit seinen breiten Schultern wahrscheinlich schon allein eine Straßenblockade einrichten. So wie der schaut, will ich dem lieber nicht im Dunkeln begegnen. Aber ich will nicht das dritte Mal an diesem Tag schwierig rüberkommen. „Quatsch!", antworte ich deswegen möglichst cool. „Die sehen ganz normal aus. Wenn *du* eine Autopanne hättest, würdest du bestimmt auch nicht gerade strahlend am Wegesrand stehen!"

„Nee", gibt Raine zurück, „denn dann hätte ich bereits vor sechs Stunden den Pannendienst gerufen und wäre längst wieder zu Hause."

„Was macht der Van überhaupt hier?", fragt Bailey. Sie spricht plötzlich ziemlich leise. „Diese Straße führt doch nur zum Castle."

„Vielleicht ist das ein Lieferwagen, der Lebensmittel ins Internat gebracht hat?", nuschelt Pip.

Sogar Pippa hat auf einmal ihre Stimme gesenkt.

„An einem Samstagabend?", flüstert Raine.

Wir sind jetzt fast da.

Aus dem Augenwinkel kann ich so etwas wie ein Lächeln auf dem Gesicht des kleinen Mannes erkennen. Erwartungsvoll schauen sie in unsere Richtung. Als ob sie auf uns warten ...

Automatisch gucken wir alle vier an ihnen vorbei, als würden wir davon nichts merken. Eine Sekunde lang glaube ich schon, dass wir ungestört weitergehen können, da öffnet der Schmale mit der Schildmütze seinen Mund.

„Hallo! Ich nehme an, ihr seid junge College-Ladys, was?"

Seine Stimme klingt weich und sanft. Irgendwie kriege ich gerade eine Gänsehaut.

Pippa bleibt stehen. Bailey und Raine neben ihr stoppen ebenfalls höflich.

Ich kann nicht anders, als Nanas Stimme in mir zu hören: *Nicht stehen bleiben! NIE-MALS stehen bleiben!*

Aber was kann ich tun? Ich kann doch nicht als Einzige einfach weiterlatschen? Ich mache noch ein, zwei langsame Schritte, dann bleibe ich auch stehen, ein Stück vor den anderen.

„Ja, das stimmt", antwortet Pippa etwas verhalten. „Können wir Ihnen helfen?"

„Das könnt ihr in der Tat!", lächelt der Mann, stößt sich lässig vom Wagen ab und kommt langsam näher heran. „Wir würden nämlich gern wissen, *wer* von euch Mädchen …"

Weiter kommt er nicht. Denn in diesem Moment gibt es einen Riesenknall.

Und gleich darauf einen Schrei.

Nein, zwei! DREI! Oder noch mehr!

Eine Sekunde später schauen wir ungläubig auf den gewaltigen Ast, der hoch oben aus der alten Eiche neben uns abgebrochen sein muss und jetzt auf dem Dach des schwarzen Vans liegt. Direkt danach fallen unsere Blicke auf einen Haufen Jungen, die schmerzgekrümmt auf dem – immerhin weichen – Wiesenboden kauern.

„Auuuuu!"

„Oooouuuu!"

„Aaaaaaah!"

„Eden!", quietscht Pippa entsetzt und rennt zu ihrem Bruder rüber.

Und – ach du Schreck! – Moritz Großkotz Ankermann-Schönfeld! Himmel! Was hatte der denn auf einem Baum zu suchen?

„Ben! Connor! Hayden!", giggeln Raine und Bailey mit weit aufgerissenen Augen etwas hysterisch und wissen anscheinend nicht genau, was sie tun sollen.

Der lächelnde Mann, der jetzt nicht mehr lächelt, weiß es offenbar schon. „VERDAMMTE SCHEISSE!", brüllt er so laut, dass man es bestimmt bis nach Truro hören kann.

Völlig fassungslos steht er vor seinem verbeulten Dach und fegt wütend den Rest des dicken Astes runter. (Noch ein paar fette Kratzer zu der Beule dazu! Das war nun aber *seine* Schuld.)

„Was für eine verdammte Scheiße ist das denn? Habt ihr sie noch alle?"

Eden rappelt sich als Erster auf. „*Oh dear*, das tut uns leid! Wir …"

Natürlich fällt Moritz ihm sofort ins Wort: „Wir ersetzen Ihnen selbstverständlich den Schaden. Den gesamten Schaden. Machen Sie sich keine Sorgen. Unsere Eltern werden Ihnen einen Scheck schicken. Geben Sie uns einfach Ihre Visitenkarte!"

Typisch – Moritz schmeißt mal wieder mit Geld um sich. Und nun zückt er auch noch selbst eine Karte und streckt sie dem Typ frech hin. Mann, der hält sich echt für Mr Super-Geschäftsmann oder so was!

Der Mann mit der Schildmütze scheint jedoch wenig von Moritz' großzügigem Angebot zu halten. „Meine Visitenkarte?", schimpft er wütend wie Rumpelstilzchen. „Ich werd' *dir* gleich was anderes geben, du … du …"

„Ruhig!", mischt sich da der Riese ein. Er macht einen Schritt nach vorn und legt seinem Freund beschwichtigend die Hand auf die Schulter. „Ganz ruhig!", brummt er. Auf seinem Gesicht erscheint ein etwas erzwungenes schiefes Lächeln. „Das ist doch alles halb so wild, oder?"

Halb so wild? Na, also das würde ich bei der fetten Delle aber auch nicht gerade sagen.

Der Schmächtige schnauft. Versucht allerdings tatsächlich angestrengt, sich zu beruhigen.

Die anderen drei Jungs sind mittlerweile ebenfalls wieder auf den Beinen. Wenn auch einer von ihnen gleich wieder mit schmerzverzerrtem Gesicht seitwärts einknickt.

„Oh, Ben!", kreischt Bailey. „Hast du dir was getan? Alles okay?"

Eilig springt sie an seine Seite und streicht ihm sanft die braunen, wuscheligen Haare aus dem Gesicht.

„Nur 'n blauer Fleck", quetscht er sich mühsam raus.

„Nicht bewegen!", japst Bailey. „Ich rufe Matron an, damit sie einen Krankenwagen schickt."

„Ich brauch keinen blöden Krankenwagen", grummelt Ben mürrisch.

Allerdings sieht er doch etwas blass im Gesicht aus. Um nicht zu sagen, weiß wie der Mond, der am Himmel gerade aufgegangen ist. Und sich bewegen kann er offensichtlich auch nicht. Trotzdem markiert er lieber den ganz Harten. Tsss! Jungs!

„Ich glaube, der junge Mann hier benötigt ärztliche Fürsorge", wendet sich der Riese in sehr aufforderndem Tonfall jetzt wieder an seinen Freund.

Dessen kleine dunkle Augen funkeln immer noch wütend, doch er nickt brav. „Rmmmpf. Logo."

„Und deshalb sollten wir ihm jetzt *schnellstens* Hilfe holen, *nicht wahr?"*

Fast drohend klingt seine Stimme. Er guckt seinem Kumpel vielsagend in die Augen, während er mit dem Kopf zu uns herübernickt.

Doch ich werde von dem Wirbel auf der Straße von den beiden abgelenkt. Pippa und Bailey hängen an ihren Handys, Raine und die Jungs tapsen um den immer noch am Boden liegenden Ben herum.

„Dann also ab in den Wagen und los!" Der Riese schubst seinen Kumpel entschlossen in Richtung Fahrertür.

„Klar, Mann, klar." In den Kleinen kommt nun tatsächlich Bewegung. Und wie!

Bevor ich bis drei zählen kann, sitzen die beiden im Van, haben den Motor gestartet und brausen mit Vollgas davon.

Als Pippa zu Ende telefoniert hat, guckt auch sie dem Wagen erstaunt nach. „Huch? Wo sind *die* denn jetzt hin?"

„Die holen die Polizei", vermutet einer der Jungs. „Ich schätze, jetzt kriegen wir Ärger!"

Edens Kommentar ist: Kichern. „Mann, das muss ja irre ausgesehen haben, als wir plötzlich aus der Luft runter auf das Dach gekracht sind!"

„Voll der Filmstunt!", johlt Ben – und zieht gleich darauf schmerzverzerrt die Luft ein, weil er aus Versehen sein Bein bewegt hat.

„Ich glaube nicht, dass ihr Ärger kriegt", mische ich mich leise ein. „Also jedenfalls nicht von den beiden. Ich glaube … die sind weg."

„Wie – weg?", fragt Eden und guckt mich an, als hätte ich nicht mehr alle Blätter am Ast. „Die wollen ja wohl den Schaden ersetzt haben!"

„Die haben doch gesagt, die holen Hilfe?", meint auch Connor.

„Hilfe kann man aber doch schneller übers Telefon holen, oder?" Jetzt, wo ich es sage, fällt mir auf, dass das tatsächlich mehr als logisch ist. „Und wenn er Ben schnellstmöglich in ein Krankenhaus hätte bringen wollen, dann hätte er ihn ja gleich fahren können."

Alle starren mich mit offenem Mund an.

„Stimmt!", grinst Ben. „Wo sie Recht hat, hat sie Recht!"

„Aber wieso wollen die kein Geld von uns?", wundert sich Moritz. „Die haben uns ja nicht mal eine Karte dagelassen."

Connor lacht. „Diese Kerle sahen nicht gerade so aus, als ob sie Visitenkarten mit sich rumtragen."

„Aber was wollten die überhaupt hier?", mischt sich Raine mit ungewohnt ängstlicher Stimme ein.

„Darüber will ich gar nicht nachdenken", meint Bailey. „So wie die geguckt haben …"

Pippas Gesicht verfinstert sich. „Das war echt gruselig. Als ob die nur auf uns gewartet haben …"

Die Jungs schauen uns betreten an.

Puh, mir ist ganz flau im Magen … Was, wenn wir gerade noch wirklich üblen Typen entkommen sind, weil die Jungs so nett waren, genau im richtigen Moment aus dem Baum zu fallen? Was wäre sonst passiert?

Ist die Welt womöglich wirklich so gefährlich, wie Nana immer tut?

Glitzer-Nymphen und kotzende Schafe

A ber warum wart ihr überhaupt in dem Baum?", fragt Gemma zwei Stunden später verwirrt.

Wir sind im Year-10-Gemeinschaftsraum von Bryher, einem der Jungenhäuser. Ein paar Jungs spielen Snooker. Ein anderer klimpert auf der Gitarre. Ich bin zum ersten Mal hier. Der Raum gefällt mir, er wird von ganz anderen Farben bestimmt als das Mädchen-Wohnhaus. Gedeckte dunkle Töne, dunkles Grün, dunkles Rot, sehr klassisch … und irgendwie sehr männlich, hihi!

Judy und die Glitzergirls sind noch nicht aus Newquay zurück, aber die feuerrote Gemma mit den raspelkurzen Haaren, ihre Freundin Apple und auch Hettie lauschen gebannt. Moritz und Eden gucken sich an und kichern. Wie kleine zehnjährige Jungs! Unglaublich!

„Ein Mann muss tun, was ein Mann eben tun muss!", gibt Eden großspurig von sich.

Ha! Darauf zeigt Pippa ihm nur einen Vogel. „Erstens sehe ich hier keinen Mann und zweitens hab ich noch nie gehört, dass Männer auf Bäumen hocken müssen."

„Wir mussten das Revier im Blick behalten", brummt Hayden in stolzem Männerton und schlägt sich zur Bestätigung auf die Brust. „Howgh!"

Das finden die anderen drei der Jungenmeute so komisch, dass sie sich schier kringelig lachen wollen.

Wir Mädchen stehen etwas belämmert daneben. Howgh? Ähm, was genau war daran jetzt der Brüller?

„Und um das Revier im Blick zu behalten, habt ihr den ganzen Nachmittag lang auf einem Ast verbracht?", fragt Apple ungläubig.

„Natürlich nicht!", grinst Eden. „Da hätten wir uns ja den Hintern morsch gesessen. Wir waren vielleicht 'ne halbe Stunde dort oben. Wir sind hochgeklettert, kurz bevor dieser Kleinbus kam."

Ich werde hellhörig. „Dann habt ihr die beiden Männer die ganze Zeit belauschen können?"

Connor schüttelt den Kopf. „Nee, die waren im Auto. Sind erst rausgekommen, als ihr um die Ecke gebogen seid!"

„Das waren echt fiese Typen!" Pippa legt die Stirn in Falten.

„Vielleicht sollten wir zur Polizei gehen. Die wussten ja ganz offensichtlich, dass hier ein Internat ist, und haben wahrscheinlich nur auf Mädchen gewartet, die allein die Straße entlangkommen."

„Oh, Gott!", haucht Bailey. Sie sieht die Jungen dankbar an. „Wie gut, dass ihr im Baum wart!"

Die Jungs lächeln heldenhaft geschmeichelt.

„Was uns zurück zu der Frage bringt, warum ihr im Baum wart", setzt Apple ungerührt nach. „Habt ihr auch auf Mädchen gewartet, die allein die Lane entlangkommen, hm?"

Die Jungs wechseln verdächtige und vieldeutige Blicke.

Das lässt Pippa sofort wieder verächtlich schnauben. „Ihr habt Amy, Judy, Danny und Sapphire aufgelauert, stimmt's?" Sie stemmt die Hände in die Hüften, geht ein paar Schritte auf ihren grinsenden Bruder zu und faucht ein weiteres Mal: „STIMMT'S?"

Praktisch alle Jungs hier im Cornwall College vergöttern die aufgedonnerten Glitzergirls. (Na ja, Jungs ohne Hirn suchen sich eben auch Mädchen ohne Hirn. Wehe, es wagt jemand zu sagen, ich sei nur neidisch!)

Eden giggelt noch immer, weicht aber sicherheitshalber einen Schritt zurück. „Ho-o-ooh! Aufgelauert! Wir …"

„Wir wollten bloß sichergehen, dass ihnen auf dem Weg nichts Böses passiert", fällt ihm Moritz ins Wort.

„Wie ihr schon sagtet", meint Gemma und strubbelt dabei durch ihre kurze rote Mähne, „ihr wolltet euer Revier im Blick behalten, nicht?"

An dieser Stelle will sich Hayden wieder ausschütten vor Lachen. Und auch Pippas Bruder Eden und Mr Großmaul platzen laut los.

Pippa rollt gequält ihre Augen. „Hoffnungslos! Ich muss hier raus, Ladys! Denen hilft doch nur noch ein Eimer kaltes Wasser. Übrigens, Jungs: Da hättet ihr lang warten können. Die Girls waren nämlich mit dem Taxi unterwegs!"

Und damit stapft sie aus dem Raum. Gefolgt von der kichernden Raine. Gemma und Apple schalten den Fernseher ein, wo The X-Factor läuft.

„Oh, mach den Scheiß bloß aus!", stöhnt Eden.

„Nö", erwidert Gemma fröhlich ignorant und schaut wie magnetisiert auf den Bildschirm.

Ein junger Mann, der anscheinend gerade einen tollen Auftritt hingelegt hat, weint und wird von der Jury bejubelt. Nana nennt solche Shows immer Monkey-TV − Affen-Fernsehen. Ich schau das total gern − ist doch Wahnsinn, was die Leute in diesen Talentshows so können!

Hettie zupft Bailey am Ärmel, die noch unentschlossen neben Eden auf dem Sofa hockt, und guckt dann auch mich auffordernd an.

„Kommt ihr mit zurück nach Pembroke?", fragt sie. „Aufs Zimmer gehen, ein bisschen quatschen?"

Ach ja! „Wir haben den Film ganz vergessen!", fällt mir siedend heiß ein. Die arme Hettie hatte ja heute außer ihrer Zeitung nicht viel Unterhaltung.

Doch sie winkt ab. „Das können wir nächste Woche immer noch machen. Der Film heute war sowieso nicht so toll – hab mal kurz in den Kinoraum reingeguckt."

Na gut, dann eben kein Monkey-TV. Mit Hettie und Bailey den Abend zu genießen, ist auch eine kuschelige Idee.

Als wir rausgehen, wirft mir Moritz einen sehr komischen Blick nach.

Hä? Was war das denn? Hab ich etwa noch Pizza im Gesicht hängen?

Egal. Was interessiert mich der Blick von Moritz Kletter-affe-Schönfeld!

Doch Bailey scheint den merkwürdigen Ausdruck in Moritz' Gesicht ebenfalls bemerkt zu haben.

„Hast du was mit Moritz?", fragt sie mich mit lieb-harmlosem Augenaufschlag eine Sekunde später im Treppenhaus.

WAAAAAAS? Spinnt die?

Ich hyperventiliere so doll, dass ich mich ernsthaft an meiner eigenen Spucke verschlucke. Wovon – um alles in der Welt – redet sie bitte?

·172·

Bailey lächelt so über die Maßen vielsagend, dass Hettie ihr kichernd in die Seite knufft. Da drückt sich Bailey an mich ran.

„Mir kannst du's ruhig sagen", wispert sie mir diskret ins Ohr, „ich sag's auch keinem weiter."

„HA!" ist alles, was ich rausbringe.

Doch Miss Dauer-Lovebird Bailey Bradley-Kent lächelt immer noch sanftmütig wie ein Engel.

Hallooo? Ich meine, EHRLICH! Die Vorstellung, dass ich und Moritz …! Urggghhh!

„Wie … wie kommst du denn darauf?", schaffe ich es schließlich zu fragen.

„Ich bitte dich!", antwortet Bailey. „Ich hab doch gesehen, wie zuckersüß er dir nachgeguckt hat! Das sieht doch eine Blindschleiche, dass da was läuft zwischen euch!"

Dass da was läuft? Zwischen mir und Moritz Hampelmann-Gähnfeld?

Und zuckersüß?

Also echt, wenn dieser Blick von ihm zuckersüß war, dann können wir uns wohl von jetzt an alle auch getrost Rattenkötel in den Tee rühren. Waaaaaah!

Ich huste immer noch bei der bloßen Vorstellung, während wir in Pembroke House die Treppe hochlaufen.

In Baileys und Hetties Zimmer warten schon Pippa und

Raine. Miss Lovebird zwinkert mir verschwörerisch zu, als wir eintreten, und versiegelt mit einer Handbewegung ihren Mund. Hilfe! Aber ...

Ignorieren! Lächeln! Nanas Erziehung sitzt.

Doch diesmal – kann ich es nicht!

„Bailey!", zische ich. „Das ist Blödsinn!"

Bailey lächelt und lächelt. Pfirsichmild wie meine Duschmilch.

„Was ist Blödsinn?", schaltet sich Pippa ein. Ihre Augen leuchten neugierig. „Worum geht's?"

„Um nichts", antworte ich genervt.

„Caras Geheimnis", piepst Bailey mit glücklich wissendem Gesichtsausdruck. „Ich hab ihr versprochen, nichts zu verraten."

„Wie bitte?" Das glaub ich ja jetzt wohl nicht! „Bailey, du brauchst mir nichts zu versprechen. Ganz einfach, weil es kein Geheimnis gibt!"

Ausgerechnet Moritz! Uff!

Und – oje! Dass ich kein Geheimnis habe, ist natürlich eine so spritzig fette Lüge, dass man darin mühelos Würstchen für ganz Pembroke House und Bryher zusammen braten könnte. Tatsächlich habe ich so viele Geheimnisse, dass mir angst und bange wird bei der Vorstellung, ich könnte mich verplappern. Denn dann würde mich Nana schneller abholen, als ich *Cara Winter* sagen kann. Das darf auf gar keinen Fall passieren!

„Also, du kommst mir nicht gerade vor, als hättest du nichts zu verbergen …“, neckt mich Pippa, als könne sie direkt in meinen besorgten Kopf gucken.

Hettie grinst und wechselt einen Blick mit Pippa.

Geben die denn nie auf? Puh!

Ich schätze, die anderen hätten ihr kleines Cara-und-Moritz-heimlich-verknallt-Spiel vermutlich noch endlos weitergespielt, aber von draußen sind plötzlich merkwürdige Geräusche zu hören. Sie kommen aus dem Park hinter Pembroke House.

Von dort klingt es fiepsend, jaulend und … würgend!

Nanu, da sind doch nur Aretha, Madonna und Pixie? Können sich Schafe übergeben?

Innerhalb von drei Sekunden kleben wir alle mit der Nase an der Scheibe.

„Mach mal auf!“, fordert Pippa ungeduldig.

Wir recken den Hals raus, so weit wir können. Das helle Mondlicht taucht die Parklandschaft in ein geheimnisvolles Licht. Fast ein bisschen gruselig. Dort, wo der Mond nicht durch die Bäume bricht, ist alles schwarz. Doch an den Stellen, wo das Licht hinfällt, sieht sogar das Gras fast weiß aus. Eine düstere schwarz-weiße Landschaft mit …

Wrrrüüüiiigh!

Da! Da ist es schon wieder! Ein grässlich röhrendes Geräusch. Es kam von links. Irgendwo dahinten zwischen den Bäumen in Richtung Schloss müssen die Schafe sein. Was ist nur los mit ihnen?

„Seht ihr was?", fragt Pippa.

„Nichts", piepsen Hettie und Raine, und auch Bailey und ich schütteln die Köpfe.

„Doch! Da!" Aufgeregt deutet Raine auf ein kleines helles Knäuel am Boden.

Das Knäuel krümmt sich ein wenig und stöhnt ein wenig und – oh, jetzt beugt sich noch ein zweites Knäuel zu ihm hinunter und hält ihm die langen Haare aus dem Gesicht.

„Das sind gar keine Schafe!", giggelt Bailey. „Das sind welche von uns!"

Die Knäuel sind tatsächlich Zweibeiner. Piepsende, gackernde, kichernde und – kotzende Zweibeiner!

Mir fallen fast die Augen aus dem Kopf.

„Oje, da geht's jemandem gar nicht gut!", rufe ich alarmiert. „Ich glaube, wir sollten Matron Bescheid sagen."

Bailey, Pippa und Raine gucken mich an, als ob mein Hirn mit Schafsköteln vernebelt ist.

„Ich glaube nicht, dass wir das tun sollten!"

„Aber … aber …", mache ich hilflos und deute immer wieder auf die hinterm Baum hockenden Mädchen. „Die sind krank! Die brauchen Hilfe!"

„Hilfe – ja", meint Pippa und zieht eine Grimasse. „Denen sollte mal jemand ihre Perlen durch Gehirnmasse ersetzen. Aber – krank? Nein. Außer, du bezeichnest besoffene Glitzer-Nymphen als kranke Wesen."

Besoffen? Die sind angetrunken? Mädchen aus Pembroke House? „Hahaha!", gackert Bailey. „Du solltest mal dein Gesicht sehen, Cara! Aus was für einem behüteten Elternhaus kommst du denn?"

„Ähm ..." Ich weiß nicht, was ich sagen soll. Stattdessen recke ich meinen Kopf noch mal raus. „Aber wer ist denn das?"

Unten tanzen die Mädchen jetzt tatsächlich um die Bäume (und Schafe) herum wie Nymphen im Wald. Ähm ... na ja, und eine kniet noch immer hinter dem Baum.

„Ich schätze mal", grinst Pippa, „das sind unsere herzallerliebsten Ladys Danielle, Amy, Sapph, Judy und Co!" Sie zieht ihren Kopf wieder ein und lässt sich auf Hetties Bett unter dem Fenster sinken. „Na ja, immerhin wissen wir, dass sie heil nach Hause gekommen sind."

Die anderen kichern.

Ich kann es nicht fassen! Cornwall-College-Girls, die so betrunken ins Internat kommen, dass sie sich im Park übergeben? Und die anderen sind nicht mal überrascht? Wenn Nana das wüsste! „Kriegen die keinen Ärger?"

Pippa zuckt mit den Schultern. „Wenn sie nicht erwischt werden, dann nicht."

„Und wenn sie erwischt werden?", frage ich weiter.

Raine zieht eine Grimasse. „Klar, dann kriegen sie Ärger. Und am nächsten Tag fängt eine neue Woche an."

„Wie meinst du das? Und dann?"

„Und dann nichts." Raine sieht mich fast überrascht an. „Was soll denn noch passieren?"

„Äh, sie könnten von der Schule verwiesen werden?"

Bailey schnaubt. „Leute wie Miss Danny Ketchup-Queen oder Sapphire Wall-Street fliegen nicht von der Schule, Cara. Auch nicht, wenn sie das Dach anzünden."

„Wie bitte?" Ich bin mittelmäßig sprachlos. „Nicht mal, wenn sie was richtig, richtig, richtig Schlimmes machen? Ich meine, wenn sie nun wirklich das Dach anzünden?"

Die Mädchen kriegen einen Lachanfall.

„Cara, du bist der Knaller!", ruft Raine.

Hettie rümpft die Nase. „Dann würden ihre Eltern nicht nur das Dach bezahlen, sondern dem Internat auch mal eben gaaaanz zufällig ein neues Schulgebäude oder ein neues Schwimmbad oder sonst was spendieren und – schwupp! – Schwamm drüber."

„Ist nicht wahr!"

„Na ja", wirft Pippa beschwichtigend ein. „Also, ich glaube, alles würde sich Mrs Hampstead auch nicht bieten lassen. Aber – hm – im Prinzip hat Hettie schon ein bisschen Recht. Mit Geld kann man sich 'ne Menge kaufen."

Ich kann es nicht glauben.

„Das ist ja ätzend", bricht es aus mir raus.

„Willkommen im wahren Leben, Cara!" Pippa grinst mich an und bufft mich kumpelhaft in die Seite. „Wo auch immer du vorher warst."

„Wenn du richtig viel Geld hättest, so wie Sapphs oder Danielles Familie", ergänzt Bailey, „dann würdest du das auch ganz normal finden, glaub mir."

Ich gucke die beiden eine Sekunde lang nachdenklich an. Doch dann wechsle ich lieber sehr schnell das Thema. „Was wollen wir denn eigentlich morgen machen? Gehen wir reiten, Raine?"

Unsere Reitprinzessin zeigt sofort mit dem Daumen nach oben. „Klar, warum nicht? Um halb elf am Stall! Wer kommt noch mit?"

„Eden und ich haben zum Geburtstag Helikopter-Flugstunden bekommen", verkündet Pippa stolz. „Morgen ist die erste Stunde, wir fahren nach Plymouth und dann – hey! – rauf in den Himmel!"

„Wow!", macht Hettie bewundernd. „Das würde ich ja auch gern mal machen!"

„Komm doch mit!", bietet Pippa freundlich an. „Eine Begleitperson darf umsonst mitfliegen. Ich glaube, Eden nimmt Moritz mit." Sie grinst mich breit an. „Vielleicht sollte ich deswegen lieber Cara einladen, höhöhö?"

Die anderen kichern bei der kleinen Anspielung natürlich sofort wieder mit.

Mann, nicht das schon wieder! Mir reicht's für heute.

„Ach, lass mal, du!", sage ich freundlich. „Ich hab's nicht so mit Hubschraubern. Und jetzt …", ich stehe auf und werfe allen eine Kusshand zu, „… muss ich gehen! Bevor Würge-Judy reintorkelt und sich aus Versehen in meinem Bett breitmacht!"

Acht Kusshände und kichernde Knutschgeräusche fliegen mir hinterher, als ich über den Flur in mein Zimmer gehe. Diese Hühner!

Als ich im Bett liege, lausche ich nach draußen. Aus dem Garten kommen immer noch tuschelnde und glucksende Laute und viel unterdrücktes Lachen. Und – hups – höre ich da etwa auch Moritz' Stimme?

Ich drehe mich auf die andere Seite. Kann mir auch egal sein. Moritz oder nicht Moritz. Der interessiert mich ja so was von überhaupt gar kein bisschen.

Ich lasse Judys Nachttischlampe an, damit sie was sehen kann, wenn sie später reinkommt, seufze ein allerletztes Mal und schlafe endlich ein.

Werter Herr!

Dies ist unsere letzte Warnung!

Sollten die 25 Millionen Euro nicht innerhalb der nächsten 6 Stunden an der beschriebenen Stelle deponiert werden, werden wir unsere Drohung wahr machen. Sie wissen, dass wir wissen, wo sie ist!

Quer durch Cornwall

Ein verstörendes Telefongespräch

Nanas Anruf reißt mich aus dem Schlaf.

Ich blinzele verschlafen zu meinem Wecker rüber. Tsss! Noch nicht mal sieben!

„Nana?", murmele ich schlaftrunken.

„Angie? Angie, bist du das?"

„Ja – natürlich! Pssst! Nicht so laut, ich bin ja nicht allein im Zimmer."

„Oh, dem Himmel sei Dank, Angiiieee!" Huch, Nana klingt etwas merkwürdig. Nicht sehr beherrscht! „Dass du da bist! Wir …"

„Warte, Nan!", unterbreche ich sie leise. „Ich geh mal raus auf den Flur, da kann ich besser …"

Noch während ich rede, richte ich mich auf und schaue zu Judy rüber.

Nanu? Wo ist denn unser amerikanisches Prinzesschen? Doch nicht etwa um diese Uhrzeit schon auf? Die braucht doch garantiert ihren Schönheitsschlaf. (Und reichlich Zeit zum Ausnüchtern nach dem Schafsgelage letzte Nacht im Park!)

Verblüfft gucke ich mich im Raum um. Das Bett sieht unbenutzt aus. Ihr lila seidiger Nachthemdchenfummel liegt zusammengefaltet auf dem Kopfkissen und die Nachttischlampe brennt noch immer. Judy scheint überhaupt nicht hier gewesen zu sein.

Komisch …

„ANGIE!"

Oh dear! Nana ist aber wirklich in a right state! Was ist denn nun wieder passiert? Sie wird doch nicht etwa noch mehr Leute entlassen haben?

„Angie? Bist du da? Kannst du mich verstehen?"

„Äh – ja, Nana, klar, ich verstehe dich gut. Lass mich doch erst mal wach werden. Ich bin jetzt hier. Ähm, ich meine, ich muss nicht rausgehen. Meine Zimmernachbarin ist gar nicht da. Sie ist wohl …"

„ANGIE! Schluss mit dem Blödsinn, hör mir zu! For Heaven's sake!"

Nana flucht? Hat sie Fieber? Altersdemenz? Ist ein Krieg ausgebrochen?

„Entschuldige, Nana", versuche ich so sanft wie möglich zu sagen, „ich wollte dich nicht unterbrechen."

„Dann tu es auch nicht!", kommt es zischend zurück. „Du musst mir jetzt genau zuhören und dann genau tun, was ich dir sage", verlangt Nana in einem Ton, der keinen Widerspruch duldet. „Und zwar ohne Nachfragen, hast du verstanden?"

Ähm, nein.

„Ja", sage ich brav.

„Bist du allein im Zimmer?"

„Ja."

„Sicher?"

Also, was soll das denn nun wieder? Meine Großmutter wird wirklich immer wunderlicher.

„Ja, ich bin ganz sicher allein, Nana." Ich bemühe mich, besonders nett und munter zu klingen. Vielleicht lässt das Nana wieder normaler werden.

Am anderen Ende der Leitung ist einen Moment Stille. So als ob meine Großmutter nachdenken müsse.

„Judy, mit der ich mir mein Zimmer teile", rede ich deswegen beruhigend weiter, „ist anscheinend … ähm, schon aufgestanden."

„Du bist wirklich alleine, Kind?"

„JAAA, das hab ich doch schon dreimal gesagt!", fahre ich

sie an, viel lauter als beabsichtigt. Nana macht einen ja ganz irre! „Entschuldige, Nan, was ist denn los? Ist irgendwas passiert?"

„Ach, Kind!" Der tiefe Seufzer, der meiner Großmutter entfährt, scheint sie endlich etwas zu entspannen. „Ich hab mir ja solche Sorgen gemacht!"

„Aber warum denn? Mir geht's hier wirklich total gut!"

„Das ist schön, Kind, das ist schön! Very well." Nana klingt allmählich wieder wie Nana. Fast geschäftsmäßig. „Aber jetzt musst du das Internat verlassen. Und zwar sofort. Und damit meine ich nicht, in einer Stunde oder in einer halben Stunde, sondern jetzt!"

„Was?" Ich bin zu baff, um mehr zu sagen.

„Nimm nur deinen kleinen Rucksack mit, auf jeden Fall dein Handy, sonst nichts", fährt meine Großmutter ungerührt fort. „Alles andere holen wir später. Und jetzt hör mir genau zu! Etwas nördlich von Newquay gibt es einen kleinen Flughafen. Dort fährst du hin. David Dunbar wird auf dich warten und dich an einen sicheren Ort bringen."

„Mich an einen sicheren Ort bringen?"

Mein Kopf scheint noch nicht ganz wach zu sein. Ich versuche angestrengt zu verstehen, wovon Nana redet. Und mein Bauch scheint noch langsamer zu sein. Ich spüre, wie langsam eine kalte, warnende Welle in mir aufsteigt. Von unten nach oben. ALARM!, ruft die Welle. Doch mein Kopf will nicht mitmachen. Mein Kopf will keinen Alarm.

Oder ist es mein Herz, das nicht will?

„Hast du mich verstanden, Angie?" Die Stimme meiner Großmutter klingt weit entfernt.

Ich zwinge mich, zu dem Telefongespräch zurückzukehren.

„Nan, ich will aber doch nicht weg von h…"

„Schschschtt", macht Nans Stimme. „Du tust jetzt genau, was ich dir sage! Und mach dir keine Sorgen, Angie, wir haben alles im Griff."

Ich schlucke. „Aber … aber warum? Ich meine, wer … Gibt es jemanden, der uns bedroht?"

Plötzlich wird Nana fast weich. „Erinnerst du dich noch daran, als du sieben Jahre alt warst? Kurz nach dem Unfall? Wie wir durch die ganze Welt gereist sind?"

Ich halte die Luft an. Natürlich erinnere ich mich.

Und auch wieder nicht.

Alles war so … irgendwie nicht richtig in dieser dunklen Zeit. Die Zeit nach dem Eisgesicht. Nichts war richtig. Und wir haben so merkwürdige Sachen gemacht.

Nana redet sanft weiter. „Weißt du noch, wie wir In-der-Welt-verstecken gespielt haben? Und erinnerst du dich an das Spiel Angie-klettert-in-den-Koffer-und-gibt-kei-nen-Pieps-von-sich?"

Ich atme so tief ein, dass mir die Brust wehtut. Oder tut sie von der Erinnerung weh?

Nana hat mich damals um den halben Globus geschleppt. Nein, mehrmals um den ganzen, schätze ich. Ich habe mich natürlich gewundert, wie komisch wir plötzlich leben und warum Nan mich manchmal sogar in Hotels in einem großen Koffer hockend trug. Aber gleichzeitig ließ der Verlust von Mum und Dad alles andere so unwichtig erscheinen, dass es mir fast egal war, was Nan für Spiele spielen wollte.

Irgendwann kamen wir wieder zurück nach Hause. Und langsam, langsam kehrte dann wieder Ruhe ein.

Doch jetzt ist es wieder da. Dieses unterschwellig bedrohliche Gefühl von damals.

„Nan, sag mir bitte, was los ist!"

„Du fährst jetzt auf dem schnellsten Weg zu dem Flughafen, Angie!"

Ich hole tief Luft. Wie, um mir Mut zu machen. „In Ordnung, ich rufe ein Taxi."

„NEIN, kein Taxi!", bellt Nan in den Hörer. „Du gehst ..." Sie überlegt. „Du gehst in dieses kleine Dorf bei dir in der Nähe, aber nicht allein. Nimm ein paar von deinen Freunden mit. Am besten viele. Bitte sie, dich bis zum Bus zu begleiten. Sag, du wollest dir einen schönen Tag in Truro machen."

„Warum denn kein Taxi? Gestern sollte ich doch unbed…"

„In der Menge untergehen!", unterbricht mich Nan. „Weißt du noch, was ich dir immer erklärt habe? Wenn Gefahr droht, ist es am sichersten, unter vielen Menschen zu sein. Niemals allein! Niemals allein in einem Taxi mit einem Fahrer, den du nicht kennst! Niemals in einem Zug, wo der Schaffner nur alle paar Stunden vorbeikommt. Geh mit deinen Freunden zum Dorf und dann nimm einen öffentlichen Bus. Einen möglichst vollen."

Puh! Und das aus Nanas Mund! Alles, was ich nie durfte, soll ich jetzt plötzlich tun?

„Und du rufst mich alle halbe Stunde an und gibst mir durch, wo du bist!", verlangt meine Großmutter. „Wie gesagt, David wird dich auf dem Flughafen in Newquay in Empfang nehmen. Zurzeit wartet er auf eine Startgenehmigung in London."

„Nan?"

„Ja?"

„Wenn … wenn die Gefahr … äh, ich meine, wenn alles vorbei ist … darf ich dann … kann ich dann zurück ins Cornwall College?"

Nana seufzt. „Wenn alles vorbei ist, kannst du zum Glück wieder zu Hause wohnen. Dann brauchst du gar nicht mehr in ein Internat."

Waaas? Was soll das heißen?

Bedeutet das, dass ich nur hier sein darf, weil … weil ich bereits in Deutschland … in Gefahr war?

Oh Gott, ich glaube, mir wird schlecht.

„Nana, bitte erkläre mir jetzt, was los ist! Ich bin inzwischen ja wohl alt genug!"

„Das werde ich tun, sobald du bei David im Flugzeug sitzt! Los jetzt, Angie! Ich verlasse mich auf dich! Nimm deinen Rucksack, bitte ein paar Mädchen, dich zu begleiten, und dann los. Wir dürfen keine Zeit verlieren!"

Als Nana aufgelegt hat, stehe ich minutenlang bewegungslos da. Das Handy in der Hand. Wie betäubt.

Ich schaue nach draußen, ohne etwas zu sehen.

Ich fühle die kalt-kribbelnde Alarmwelle, ohne meinen Körper wirklich zu spüren.

Geht jetzt alles wieder los? Monatelang durch die Welt jetten? Von einem Ort zum anderen? Versteckt in Hotels, in kleinen Appartements, in immer anderen Städten, Ländern? Nicht daran denken!

Aufwachen!

Ich versuche, zu begreifen, was meine Augen sehen. Jetzt! Heute. Hier. Nicht damals.

Draußen vor dem Fenster grasen die Schafe friedlich unter den Bäumen zwischen Pembroke House und Bryher. So früh am Morgen steht die Sonne so tief, dass das Gras aussieht, als wäre es von einem glitzernd weißen Teppich überzogen.

Die Halme müssen noch ziemlich feucht vom Tau sein, schießt es mir durch den Kopf. Aber noch lauter hämmert in mir das tiefe Gefühl: Ich will hier nicht weg!

Wo ist Judy Arnold?

Das unbeschwerte Kichern gestern mit Pippa, Bailey, Hettie und Raine ist so weit weg wie die Erde von der Sonne. Und so fühle ich mich auch. Lichtjahre entfernt. Als stünde ich plötzlich auf einem anderen Planeten.

Wie automatisiert ziehe ich mich an und putze mir die Zähne. Dann stecke ich Handy und Portemonnaie (ja, ich habe Bargeld dabei!) in meinen Rucksack, werfe einen letzten Blick draußen rüber nach Bryher und …

Oh, ist das Ben, der da gerade aus einem Taxi steigt?

Oh ja, Ben mit einem Gipsfuß! Aber er grinst und winkt.

Wem winkt er denn zu?

Natürlich! Moritz!

Mr Cool kommt lässig aus dem Jungenhaus heraus und bufft seinen Freund zur Begrüßung kameradschaftlich in die Seite. Anscheinend hat er auf Ben gewartet. Nicht schlecht, so früh am Morgen schon so frisch zu sein – nach der Nacht!

Egal. Ich muss los. Ich gehe in den Flur und klopfe sanft an Hetties Tür. Vielleicht hat Nan Recht und es ist wirklich besser, mich in Begleitung auf den Weg zu machen. Es ist inzwischen halb acht, aber ich fürchte, Hettie und Bailey werden noch tief und fest schlummern.

Keine Antwort. Ganz vorsichtig drücke ich die Klinke runter und öffne die Tür einen Spalt. Richtig – nur die Nasenspitzen der beiden sind unter den Decken zu sehen. Bailey grunzt leise im Schlaf.

Was mache ich denn jetzt?

„Hettie?" Ich gehe zu ihr rüber und rüttele sanft an ihrer Schulter. „Hettie?"

Die Ärmste schnellt mit einem Ruck aus den Kissen hoch. Erschrocken reißt sie die Augen auf. Für einen Moment starrt sie mich an, als sei ich ein Einbrecher. „Oh, du bist es, Cara!"

Erleichtert lässt sie sich wieder in ihr Kissen sinken, nur um eine Sekunde später wieder hochzufahren. „Was ist los? Ist was passiert?"

„Ähm, nein … ähm …" Ich weiß nicht, was ich sagen soll. Wie blöd klingt das denn: Ach, weißt du, ich wollte dich nur in aller Herrgottsfrühe bitten, mich zum Bus zu begleiten, weil ich noch vor dem Frühstück nach Truro fahren möchte. Ich seufze.

Hettie guckt mich besorgt an. „Bist du krank?"

Ich schüttele den Kopf. Ich komme mir ziemlich blöd vor. Und überhaupt, sie wird mich für ein Baby halten, dass ich mich nicht mal traue, die zwei Meilen bis Brockhampton St. Johns allein zu gehen.

„Nein, ist schon gut", sage ich schnell, „ich wollte nur … ich wollte nur sehen, ob du vielleicht weißt, wo Judy ist." Ah, wie gut, dass mir das so schnell eingefallen ist! „Sie ist nachts nicht in ihr Zimmer gekommen und ich mache mir ein bisschen Sorgen."

„Was ist denn los?", kommt Baileys verschlafene Stimme von der anderen Seite des Zimmers.

„Judy ist nicht nach Hause gekommen", erklärt Hettie, „und Cara macht sich Sorgen. Meinst du, Judy war so betrunken, dass sie draußen geschlafen hat?"

„Quatsch", Bailey gähnt, „die anderen lassen sie doch nicht einfach im Park liegen. Und selbst wenn, dann hätte sie schon längst der Nachtwächter gefunden." Sie kichert. „Glaub mir, hier darf keiner einfach draußen schlafen!"

Ich schaue zur Uhr.

Viertel vor acht.

Nana hat mir sooo doll eingeschärft, mich sofort auf den Weg zu machen. Leider hat sie vergessen, dass um diese Uhrzeit sonntags alle noch schlafen.

Hettie springt aus dem Bett und zieht sich einen Morgenmantel über. „Los, komm, wir gucken in den anderen Zimmern, ob Judy vielleicht dort liegt!"

Leise schleichen wir den Gang runter und lugen in jeden Raum. (Ich kann versichern, die hübschen Edelstein-Girls sehen mit verwischter Schminke und schnarchend nach zu viel Alkohol nicht ganz so glitzernd aus wie am Tag!) Doch in jedem Bett liegt nur ein Mädchen und Judy ist nicht dabei.

Als wir alle Zimmer durchhaben und nahe am Treppenhaus vor Matrons Räumen stehen, sieht auch Hettie besorgt aus. „Meinst du, wir sollten Matron Bescheid sagen?"

Ich zucke mit den Schultern. Viel mehr Sorge macht mir, wie ich endlich unauffällig loskomme.

Keine Chance, Nana, ich fürchte, ich muss allein nach Brockhampton St. Johns gehen. Aber so eine kurze Strecke werde ich ja wohl schaffen!

Jetzt erst bemerkt Hettie meinen Rucksack. „Willst du weg?"

Ich nicke. „Wollte mir Truro noch ein bisschen mehr angucken."

„Ganz allein? Noch vor dem Frühstück?" Hettie zieht erstaunt die Augenbrauen hoch.

„Ja, ich will noch was vom Tag haben", versuche ich so unbeschwert wie möglich zu antworten. „Ich gönne mir in der Stadt vielleicht ein schönes Frühstück mit Rührei und Schinken und Pilzen."

„Aber wolltet Raine und du nicht reiten gehen?", hakt Hettie verwundert nach.

Ich zögere. „Ja, aber mein Knöchel tut wieder weh ..."

„Oje!" Hettie schaut bedauernd auf meinen Fuß. „Na ja, das wird schon wieder ..."

Dann dreht sie sich zu Matrons Tür und klopft.

Na prima, das kann dauern!

Matron wirkt ebenfalls noch etwas verschlafen. Als Erstes deutet sie auf meinen Rucksack. „Du willst schon aus dem Haus, Cara?"

Ich sage kurz meinen Text auf und Matron nickt. „Gut, aber bitte sei pünktlich zum Abendessen zurück."

Dann berichten wir von Judys Verschwinden. Das scheint Matron wesentlich mehr zu beunruhigen als uns. Sie eilt sofort zu unserem Zimmer, um sich mit eigenen Augen davon zu überzeugen, dass Judys Bett unangetastet ist.

„Wann habt ihr sie zum letzten Mal gesehen?", will Matron wissen.

Hettie und ich gucken uns unauffällig an. Wir können ja jetzt nichts von dem Schafsgelage letzte Nacht erzählen. Und außerdem – fällt mir gerade auf – bin ich mir nicht mal sicher, ob Judy wirklich im Garten dabei war. Es war viel zu dunkel, um mit Sicherheit einzelne Gesichter zu erkennen.

„Sie ist gestern gleich nach dem Frühstück zusammen mit den anderen nach Newquay gefahren. Im Taxi", antwortet Hettie.

„Und die anderen sind heimgekommen?"

Wir nicken. „Ja, die schlafen alle noch."

„Ich gebe Mrs Hampstead Bescheid", verkündet Matron resolut. „Wenn Judy nachts nicht hier war, müssen wir die Polizei einschalten."

Noch im Morgenmantel hastet sie eilig davon.

Polizei! Oh Gott! Mir läuft ein Schauer über den Rücken. Ich muss ganz dringend los! Matron wird doch nicht wollen, dass ich auch noch der Polizei erzähle, was ich über Judy weiß? Und außerdem – muss man eigentlich seinen Pass vorzeigen, wenn man befragt wird?

Hilfe!

Ich muss sofort weg!

„Bis später dann! Ihr könnt mich ja über Handy auf dem Laufenden halten!", rufe ich Hettie so locker wie möglich zu und hüpfe einfach die Treppe runter.

(Ach, Mist, ich muss ja humpeln!)

„Cara?" Hettie beugt sich über das Geländer. „Willst du nicht auf Mrs Hampstead und die Polizisten warten?"

Nein, nein, nein. Genau das will ich auf keinen Fall! Polizei! Das gibt nur Schwierigkeiten!

Moritz Coolman
und zwitschernde Vögel

Es ist ein wunderschöner Morgen! Die Sonne schickt die ersten vorsichtigen, magisch glitzernden Strahlen über die Baumkronen. Die Vögel zwitschern aufgeregt den neuen Tag an. Und die Internatsgebäude, um die sonst so viele Schüler herumwuseln, liegen still und ruhig da.

Es ist ein so perfekter Tagesanfang, dass die grässliche Realität mir umso härter in die Knochen fährt, als ich jetzt aus Pembroke House trete. Einen Moment lang bleibe ich stehen, schließe die Augen und sauge die frische Luft ein.

Der perfekte Morgen. Und ein Tag, den ich am liebsten schon jetzt aus meinem Gedächtnis streichen würde. Wenn ich nur erst im Flugzeug bei David Dunbar säße!

„Na? Ein paar flotte Atemübungen am frühen Morgen?",
kommt eine freche Stimme aus Richtung Bryher. Scharf
durchschneidet sie die bis dahin fast heilige Stille.

Großartig! Mein Lieblingsmitschüler.

Moritz Blödmann und Ben Gipsfuß sitzen auf der Mauer
vor dem Eingang des Jungenhauses und haben nichts Besse-
res zu tun, als dumme Sprüche zu klopfen. War ja klar.

„Lass dich nicht stören!", grinst Ben, der gut gelaunt mit
den Beinen schlenkert und seinen Gips unbekümmert gegen die Ziegelsteine knallen lässt. Peng, peng, peng. „Solltest
du auch noch Lust auf Yoga haben, leg ruhig los! Wir gucken uns gerne ein paar verrenkte Mädchen an."

Die beiden fangen an zu lachen und amüsieren sich köstlich.

Haha!

Ich antworte gar nicht erst.

Stattdessen marschiere ich los.

„Wo geht's denn hin so früh?", fragt Moritz in fast norma-
lem Ton.

Ich bleibe wieder stehen.

„Truro", antworte ich möglichst knapp.

„Im Taxi?"

„Nein, ich nehme den Bus, wenn du es genau wissen willst",
gebe ich patzig zurück.

Ich sollte vermutlich etwas freundlicher sein – schließlich haben sie wirklich nur harmlose Witze gemacht, aber ich merke, dass ich doch reichlich angespannt bin. Okay, vielleicht könnte man auch sagen: Ich hab Riesenpanik, dass mir doch was auf dem Weg passiert.

„Ohooo!", macht Moritz sofort. „Die Lady ist mit dem falschen Fuß aufgestanden, wie?"

„Sorry!" Ich zwinge mich zu einem Lächeln. „Ich hab's einfach nur eilig."

„Ach ja?", fragt Moritz. „Wann fährt denn der Bus?"

Wann? Oh, ähm – oh nee! Das hab ich natürlich völlig vergessen nachzugucken! Ich Trottel!

Ich ziehe mein Handy hervor. Kein Empfang – mal wieder! Mist. An einer einsamen Bushaltestelle endlos zu warten, war bestimmt nicht das, was Nana meinte, als sie mir riet, in der Menge unterzutauchen.

Ben und Moritz gackern schon wieder los.

„Lass mich raten", feixt Moritz, „du hast keinen Schimmer, wann die Busse fahren, richtig?"

Ich hole tief Luft. „Ähm…"

„Mädchen!", stöhnt Ben verächtlich. „Zu blöd, um Briefmarken aufzukleben!"

Pah! Ich werfe ihm einen verächtlichen Blick zu und stiefele entschlossen weiter.

Moritz' Rufen lässt keine drei Sekunden auf sich warten.

„Hey, Cara! Glaubst du, du schaffst es bis zur Bushaltestelle ohne Hilfe?"

„Und bitte nicht vergessen …", setzt Ben nach, „… dass man Bustickets bezahlen muss! Hast du denn Geld dabei?"

Die beiden lachen sich hinter mir schlapp.

Tief ausatmen, ruhig bleiben!

Ich drehe mich um.

„Ja, stellt euch vor, ihr Witzbolde!", fauche ich die beiden an, während ich dabei rückwärts weitergehe. „Ich denke, ich werde es problemlos schaffen, ganz allein eine Straße entlangzugeh… Hups!"

Hä? Worüber bin ich denn jetzt gestolpert? Aaaaaah! AUTSCH!

Uff – das Hinknallen sah vermutlich nicht sehr elegant aus. Wie blöd war das denn? Autsch! Immerhin scheint noch alles heil zu sein.

Als ich mich aufrappele, bemerke ich den hübschen runden Felsstein, der den Anfang der Auffahrt markiert und den man eigentlich gar nicht übersehen kann.

Außer, man geht rückwärts …

(Mann, jetzt tut mir tatsächlich mein Knöchel weh!)

Die Jungen sehen aus, als wären sie im Kino und würden den Film des Jahres gucken. Ben giggelt haltlos und Moritz steht der Mund offen. Wahrscheinlich kann nicht mal er glauben, dass ich so derartig bescheuert sein kann. (Ich auch nicht!!!)

Ich schätze, mein Gesicht ist irgendwas zwischen tomatenrot und feuerrot (etwa Gemmas Haarton), als ich die Sachen, die aus meinem offenen Rucksack rausgefallen sind, wieder einsammele und mich erneut tapfer auf den Weg mache.

Plötzlich kommt Mr Obercool hinter mir angejoggt. „Vielleicht besser, ich begleite dich."

„Och, vielen Dank, du!" Ich mag mich zwar blöd und unsicher fühlen wie ein Radieschen auf Stelzen, aber ich hoffe, meine Antwort zischt ihm als knackiger Pistolenschuss um die Ohren. „Ich komme ganz wunderbar ohne gackerndes Kindermädchen klar."

Ehrlich! Ich bin doch keine Dreijährige! Kann ja wohl jedem passieren, dass er über überflüssige Felsbrocken stolpert!

Moritz wuschelt sich durch seine dunkelblonden Strubbelhaare und lächelt fast freundlich. „Ich wollte sowieso in den nächsten Tagen ins Dorf, ein paar Sachen für den Unterricht kaufen."

Das kann natürlich stimmen. In England sind die Geschäfte ja auch sonntags offen.

„Ach ja? Schön für dich!", gebe ich giftig zurück. „Aber ich würde dann doch lieber alleine gehen, wenn du nichts dagegen hast. Danke."

Ich ärgere mich so sehr über meine eigene Ungeschicklichkeit, dass ich im Moment leider nur giftig sein kann. Außerdem wird es immer später! Ich merke, dass ich langsam panisch werde. (Ob David inzwischen seine Startgenehmigung bekommen hat und schon in der Luft ist mit Kurs auf Newquay?)

„Tjaaa", meint Herr Ankermann-Freche-Schnauze-Schönfeld, „man kann sich seine Banknachbarn in öffentlichen Bussen aber leider nicht aussuchen. Und wer neben dir auf der Straße wandert, kannst du auch nicht bestimmen."

Tsss! Was soll ich dazu sagen? Wortlos gehe ich einfach weiter. (Meine Güte, ich hab echt andere Probleme!)

Mit einem Grinsen auf dem Gesicht trabt Moritz hinter mir her. „Warte! Ich hab doch gesagt, ich komme mit."

Na toll, das fehlt mir gerade noch! Coolman als Begleitung! Auf der anderen Seite ... Moritz ist ziemlich groß, sieht kräftig aus und ist daher – muskelmäßig gesehen – vermutlich sogar ein besserer Beistand als Hettie oder Pippa. Ich meine, sollte ich irgendwo auf dem Weg in Schwierigkeiten kommen.

„Wie du willst", murmele ich möglichst desinteressiert.

Moritz' Angebot und mein dezentes Okay werden von Ben mit einer breiten Grimasse bedacht.

Idiot! Ohne Zweifel wird Ben in zehn Minuten das gesamte Internat davon unterrichtet haben, dass Moritz und ich zusammen auf einen Tagestrip gehen.

„Schönen Tag euch beiden!", ruft Mr Gipsfuß uns feixend nach.

Die lange Auffahrt bis zum Tor mit dem in die Erde eingelassenen Rost, der Viehsperre, marschieren wir schweigend entlang. Ich versinke in meine eigenen Gedanken. Was mache ich, sobald ich in Truro bin? Gibt es von dort möglicherweise einen direkten Bus nach Newquay? Und wie komme ich von Newquay-Stadt raus zum Flughafen, ohne ein Taxi zu nehmen?

„Schönes Wetter!" Moritz sieht fast ernsthaft aus.

Ups! Der wird doch nicht etwa Smalltalk machen wollen?

„Ganz wunderbar!", gebe ich trocken zurück. „Und wie hübsch die Eichhörnchen von Baum zu Baum hüpfen!" (Nicht, dass ich auch nur ein einziges gesehen hätte.)

Das lässt Mr Cool-Face doch wieder grinsen. „Ach ja, und die lieben Vögelchen, die so schöne Herbstlieder trällern!"

Ich wage mal ein kleines Lächeln von der Seite. „Du hast auch ein kleines Herbstvögelchen hinter deiner Stirn, oder?"

„Vielleicht!" Moritz lacht. „Und wenn?"

Ich lächele. Und – hups – zwinge mich sofort wieder, ernst zu gucken. Nicht dass der noch denkt, ich würde jetzt plötzlich … ich meine, irgendwie ein Auge auf ihn werfen wollen oder so! (Grässliche Vorstellung!)

Wir gehen wieder eine Weile schweigend nebeneinander her. Es ist tatsächlich wunderschönes Wetter. Die Sonne steht inzwischen wesentlich höher und der taufrostige Morgen hat sich in einen Tag mit strahlend blauem Himmel verwandelt. Jetzt hätte ich schon bald mit Raine über die Wiesen im Schlosspark trotten können…

Alles könnte sooo schön sein … wenn nur Nana heute Morgen nicht angerufen hätte.

Ach!

Mein Seufzen muss wohl ziemlich laut gewesen sein.

„Probleme?" Moritz guckt mich fragend an.

„Nee, wieso?", antworte ich ein wenig zu aggressiv.

„Huiiii – du bist aber bissig", stellt Moritz fest. „Bist du immer so?"

„Kommt darauf an, wer in meiner Nähe ist."

„Autsch!", macht Moritz und tut so, als hätte ihn mein Satz böse in der Brust getroffen.

(Beinahe hätte ich doch wieder gelächelt. Reiß dich zusammen, Cara!)

Als wir um die erste Kurve biegen, werde ich noch nervöser, als ich eh schon bin. Ist das dahinten in der Ferne etwa schon wieder ein schwarzer Van?

Tatsächlich! Er ist wieder da.

Er parkt in der Ferne und bewegt sich nicht von der Stelle. Mistmistmist.

„Wiiiihiiiiiihuuuuuaaaaaa!", macht plötzlich direkt neben mir etwas. Es klingt wie ein heulendes Gespenst.

Ich fahre zusammen, als hätte jemand eine Kanonenkugel auf mich abgefeuert.

„Hahaha!", gackert Moritz. „Du bist vielleicht schreckhaft!" Er kramt in seiner Hosentasche und zieht sein Handy heraus. „Ist nur eine SMS. Abgefahrener Klingelton, was?"

Mein Herz rast.

Meine Güte!

„O-oooh! Ist von Eden." Moritz zieht die Augenbrauen hoch. „Das ganze College ist in Aufruhr wegen Judy. Das Texas-Huhn ist verschwunden."

Ich nicke. „Ich weiß."

„Ach ja, du bist ja in einem Zimmer mit ihr. Dann erzähl doch mal – wo ist sie?"

Ich gucke ihn erstaunt an. „Woher soll ich das wissen? Wenn schon, solltest du das wissen. Du warst doch gestern Nacht mit im Park, oder?"

Moritz guckt verschmitzt. „Ach … ich kann mich gar nicht mehr so richtig erinnern, ob ich auch dabei war …"

Er lächelt mir ziemlich frech ziemlich direkt in die Augen. Herr Ankermann-Schönfeld hat blaue Augen. Reichlich blaue Augen. Unpassenderweise knallt mir genau in dem Moment eine geballte Ladung Adrenalin in den Bauch. Was natürlich an dem schwarzen Van dort hinten liegt. (Woran sonst?)

Eine halbe Sekunde sagt keiner was. Ob Moritz mein Herz schlagen hören kann?

Wrumm!, macht es leise aus der Ferne. Die starten den Motor! Die starten den Motor des Autos!

Ich versuche verzweifelt, ruhig zu bleiben. Warum sollten das überhaupt üble Schurken sein? Kein Grund durchzudrehen! Viel wahrscheinlicher ist doch wohl, dass die beiden Urlauber sind. Vielleicht ein schwules Pärchen oder so – total nett. Genau! Denen gefällt einfach die kleine Straße, die zum College führt. Deswegen stehen die schon wieder da. Oder? (Na gut, sooo nett waren sie gestern ja nicht!)

Auch Moritz hat das Auto bemerkt. „Hey, Cara, guck mal, sind das da vorne nicht …?"

Panisch drehe ich mich zu ihm um. „Sag mal, man kommt doch bestimmt auch quer über die Felder nach Brockhampton St. Johns, oder?"

„Wieso?", fragt Moritz lahm.

Meine Stimme klingt plötzlich eine Oktave höher. (Der Van kommt langsam näher. Würde ein normales Auto sooo langsam fahren?) „Los, lass uns hier rüber!"

Ich klettere in Windeseile über einen Zaun. Was stört mich, dass der mit einer matschig grünen Schicht bedeckt ist, die jetzt breitflächig an meiner hellen Hose klebt!

„Komm schon!", winke ich ungeduldig. Wieso steht der Kerl denn noch auf der Straße rum? „Komm schon, Moritz!" (Hilfe! Lass mich nicht allein mit den beiden Männern!)

„Ist ja gut!" Moritz bequemt sich endlich, ebenfalls über den Zaun zu steigen. Zögerlich schaut er auf das noch morgenfeuchte Gras. „Ich wusste nicht, dass du so ein Naturkind bist."

„Doch, doch!", versichere ich eifrig, ohne richtig hingehört zu haben, und haste schon weiter über das Stoppelfeld, das sich riesig vor uns auftut.

In mir knallen alle Gefühle der letzten zehn Jahre aufeinander. Der Tod von Mum und Dad. Das Versteckspielen. Der Telefonanruf von Nan. Die Erkenntnis, dass ich wirklich in Gefahr bin…

„Sag mal, hast du es eilig?", fragt Moritz und setzt sich immerhin auch endlich in Trab. Blitzmerker!

„Mir ist plötzlich wieder eingefallen, wann der Bus abfährt", lüge ich drauflos. „In fünf Minuten!"

Im Laufen werfe ich einen schnellen Blick zurück zur Straße. Und tatsächlich – ich spinne also nicht! –, das Auto hat jetzt genau an der Stelle, an der wir über den Zaun gesetzt sind, wieder angehalten.

Mein Magen zieht sich zusammen.

Moritz folgt meinem Blick. „Ey, das sind echt die Spinner von gestern!"

„Jaja", mache ich nur, „los, komm, wir müssen uns beeilen!"

Im Dauerlauf (keuch, ich wünschte, ich hätte mehr Sport gemacht in meinem Leben!) geht es erst über die Stoppeln, dann über einen kleinen Bach, schließlich durch ein Wäldchen bergauf (na schön, ich gebe zu, Superman-Schönfeld neben mir hat eindeutig die bessere Kondition) und zu guter Letzt noch durch eine Wiese voll glotzender Jungbullen wieder bergab (das beflügelt meine Energie! Ich trau den Viechern nicht!), bis endlich unter uns das kleine Dörfchen Brockhampton St. Johns liegt.

Ich drehe mich um. Keine Verfolger mehr weit und breit. Atemlos falle ich zurück in Schritttempo und halte mir pustend und schnaufend die Seite.

Nicht anders zu erwarten: Moritz neben mir grinst.

„War das deine morgendliche Joggingrunde?"

„So ungefähr." Vor Keuchen kann ich kaum reden.

Außerdem kann ich ihm wohl schlecht erklären, warum, und noch weniger, wovor wir – ähm, ich … nein, zurzeit doch wir – weglaufen. (Ich bin irgendwie echt froh, dass Moritz da ist! Allein würde ich jetzt, glaube ich, schlottern vor Angst. So ringe ich nur verzweifelt nach Atem.)

„Optimale Rennschuhe, Respekt!" Moritz pfeift ironisch durch die Zähne. „Behaupte nur bitte nicht nachher im Internat, dass man die bei uns in Deutschland zum Laufen trägt!"

Ich schaue zu meinen Schuhen runter. Die schicken hellen Leinenschühchen, die Nan mir extra für England gekauft hat, bieten einen traurigen Anblick. Die Farbe geht nun eher in eine satte dunkle Lehmrichtung und das Quietschen beim Gehen, das ich noch gar nicht bemerkt hatte, erklärt sich logisch aus dem Wasser, das bei jedem Schritt aus den Schuhen quetscht. Tja, taunasse Wiesen sehen zwar hübsch aus, sind aber eben doch – ähm – ziemlich nass.

Unauffällig vergleiche ich meine triefenden Leinenschuhe mit Moritz' festen Ledersportschuhen. Hm. Okay, okay – wer hätte aber auch ahnen können, dass ich querfeldein laufen muss?

Wenn ich nicht so viel Angst hätte, würde ich jetzt lachen.

Moritz guckt mich ganz komisch an. Ganz offenbar wartet

er auf eine Reaktion, ein Zeichen von mir, ob er denn auch endlich mal wieder lachen darf. Er schaut mich aus seinen blauen Augen an wie ein treues Hündchen, das nicht genau weiß, wie die Stimmung ist. Da muss ich doch ein bisschen giggeln.

Sofort geht ein breites, erleichtertes Grinsen über Moritz' Gesicht. „Mann, Cara! Du holst dir 'ne fette Erkältung! Ich glaube, es ist besser, wir gehen noch mal zurück zum College!"

Erkältung? Pfff! Das wäre echt mein kleinstes Problem!

„Blödsinn!", verkünde ich resolut. „Ich kann mir ja gleich neue Schuhe kaufen."

Er guckt mich zweifelnd an. „Ach ja? Hast du denn auch Geld dabei? Man muss nämlich für Schuhe …"

„Hahaha! Sehr witzig!", schneide ich ihm das Wort ab.

Wir stapfen schweigend weiter runter nach Brockhampton St. Johns.

„Sag mal …" Moritz dreht sich nach einer Weile zu mir. „Warum konntest du in Hamburg auf dem Flughafen eigentlich nicht bezahlen? Wenn du jetzt sogar Geld für Schuhe raushauen willst, bloß weil du zu faul bist, zurück zum Internat zu gehen?"

Oje. Wespennest! Bitte nicht weiter stochern! Was sag ich denn nun?

Genau in diesem Moment sehen wir hinten auf der Hauptstraße einen Bus auftauchen.

„Da ist er!", rufe ich erleichtert.

Sobald wir im Bus sitzen werden, bin ich dem Flughafen immerhin schon ein Stück näher. Und fürs Erste auch in Sicherheit. Da hat Nana schon Recht.

Ohne noch weiter auf meine nassen und inzwischen tatsächlich eiskalten Füße zu achten, laufe ich wieder los. Und zum Glück galoppiert Moritz hinterher.

Wir erreichen die Bushaltestelle keine Sekunde zu früh. Der Bus hat gerade zum Abfahren geblinkt, als ich entschlossen und verzweifelt an die Tür hämmere. Mit einem freundlichen Lächeln öffnet der Fahrer, um uns noch schnell reinzulassen.

„Zweimal bitte bis Endstation!" Ich zücke meinen Schein und bezahle auch für Moritz, der mir etwas verblüfft hinterhertappt.

Geschafft! Erleichtert lasse ich mich auf irgendeinen Sitz fallen, als der Bus anrollt und sich auf die Straße schlängelt.

„Danke", nuschelt Moritz lässig.

„Bitte", nuschele ich zurück. (Nicht ganz so lässig.)

Wieso grinst der jetzt schon wieder?

„Ich dachte, du wolltest nach Truro?" Moritz bemüht sich ganz offensichtlich um einen neutralen Ton.

„Ja, und?" Ich versuche, im Außenspiegel des Busses die Autos hinter uns zu checken. Das dahinten ist doch nicht etwa wieder …?

„Na ja", meint Moritz, „Redruth wird dir wahrscheinlich auch gefallen. Ist ein ziemlich verschlafenes Städtchen, aber …"

„Wie jetzt?"

Redruth?

Moritz strahlt über das ganze Gesicht. „Yep, dieser Bus fährt direkt nach Redruth. Ohne Zwischenstopp."

Er deutet auf die elektronische Tafel neben dem Fahrer, auf dem die nächste Haltestelle rot und deutlich leuchtet.

REDRUTH!

Dann guckt er mich aus seinen knallblauen Augen unschuldig an. „Also, eins muss man dir lassen, Cara: Mit dir zu reisen, scheint nicht nur auf Flughäfen voller Überraschungen zu sein!"

Idyllische Fahrt im falschen Bus

Ich krieg die Krise! Wir sitzen im falschen Bus!

Ich bin in den erstbesten Bus gesprungen, der in Brockhampton St. Johns hielt. Ohne auch nur auf die Idee zu kommen, nachzusehen, wohin der überhaupt fährt. Ich renne sofort nach vorn. Doch der Fahrer erklärt mir mit englisch-unverbindlicher Freundlichkeit – und britischer Sturheit –, dass er aus versicherungstechnischen Gründen keine Fahrgäste mitten auf der Strecke aussteigen lassen darf. ICH KRIEG DIE K-R-I-S-E! Das bedeutet, wir werden mindestens eine halbe Stunde lang in die falsche Richtung fahren!

„Warst du schon mal in Redruth?" Moritz' spöttischer Plauderton macht mich ganz irre.

„Nein!"

Ups, war das meine Stimme, die da so durch die Luft schnitt?

„Oh, wow! Sorry, sorry!" Moritz hebt entschuldigend beide Arme. „Ich frag ja nur."

„Sorry", murmele ich ebenfalls. „Nee, war ich nicht." Meine Güte, wenn ich weiter so unfreundlich bin, lässt der mich glatt stehen!

„Fahren von dort aus Busse nach Newquay?", frage ich geradeheraus.

„Hä? Ja, klar. Aber wieso Newquay?", fragt Moritz verwirrt. Uff. Wenigstens etwas.

„Nur so", antworte ich.

Ich luge wieder in den Außenspiegel. Das Auto geht mir nicht aus dem Kopf.

Zu dumm! Im Moment sieht man nichts. Ich muss auf eine Rechtskurve warten. Aber ich bin mir sicher, dass ich ihn eben gesehen habe. DEN SCHWARZEN VAN!

„Sag mal, leidest du an Verfolgungswahn?" Moritz guckt mich an, als hätte ich nicht mehr alle vier Reifen an der Karosserie.

„Hä?", mache ich, ohne richtig hinzuhören.

Dann schaue ich rückwärts über meine Lehne. Immer noch nichts zu sehen. Es sitzen zu viele Leute im Bus. Schließlich klettere ich einfach auf den Sitz und stehe vorsichtig auf. Ja, so kann ich endlich …

Da!

Schnell gehe ich wieder in die Knie und ducke mich hinter die Lehne. Er ist tatsächlich immer noch da! Fast direkt hinter uns. Nur ein kleiner Mini Cooper ist zwischen dem Van und dem Bus. Hilfe, Nana!

Moritz zieht mich unsanft zurück auf den Sitz. „Sag mal, spinnst du? Setz dich hin!"

Erschrocken gehorche ich.

Sein Gesicht sieht auf einmal ganz anders aus. Das ewige Grinsen ist verschwunden.

„Raus mit der Sprache!" Er mustert mich prüfend. „Nach wem hältst du da dauernd Ausschau?"

Ich kann nicht anders, das Seufzen kommt praktisch automatisch – aus der tiefsten Tiefe meines Körpers. „Nach … nichts."

„Na klar", grunzt Moritz. „Hör mal, ich bin weder blind noch doof. Wohin glotzt du die ganze Zeit?"

Panisch schaue ich ihn an. Ich darf ihm nicht die Wahrheit sagen, das ist viel zu gefährlich.

Mr Super-Schönfeld neben mir grinst kein klitzekleines bisschen mehr. Er sieht echt angefressen aus.

„Ich … ich …"

Reiß dich zusammen, Angie! Nein, reiß dich zusammen, Cara!

Ich bin Cara! Ich will Cara sein! Und ich werde das hier schaffen! Und wenn alles vorbei ist, werde ich ins Cornwall College zurückgehen und eine ganz normale Schülerin sein! Jawohl!

„Na?" Kein Grinsen, kein Lächeln, kein blöder Spruch.

Also los, Cara Winter! Eine glaubhafte Story! Was machen denn die anderen College-Girls an einem Sonntag? Was würde ich machen, wenn ich ein ganz normales Cornwall-College-Mädchen wäre wie Bailey oder Hettie oder Pippa oder meinetwegen auch wie Judy und Co?

„Ich … äh … will eigentlich gar nicht nach Truro. Ich muss nämlich … ich will nach Newquay – zum Flughafen dort, weißt du?"

Moritz zieht langsam seine Augenbrauen nach oben, was ihm endlich wieder einen leicht spöttischen Gesichtsausdruck gibt.

Puh, bin ich froh! Ich hatte wirklich Angst, dass er abhaut. Und dann gute Nacht, Baby! Was soll ich allein schon gegen die zwei im Wagen da ausrichten?

„Du willst verreisen?"

„Nein, natürlich nicht." Ich versuche ein zaghaftes Lächeln. „Nein, nein, ich treff mich mit meinem Guardian. Er hat ein paar Sachen für mich besorgt, die ich im Internat brauche."

Klingt doch glaubwürdig, oder?

Moritz schweigt.

Ich fahre mir verunsichert durch die Haare. „Weißt du …"
Ich räuspere mich. Mein Hals ist trocken wie Pergamentpapier. „… eine Nachttischlampe und … äh … ein paar Klamotten und so."

„Eine Nachttischlampe?" Er guckt völlig fassungslos. „Die Zimmer im College sind doch voll eingerichtet."

„Klar, äh …" Los, Cara, Erklärung! „Aber die vorhandene passt nicht zur Tapete!"

Zufrieden lächele ich ihn an. Also, das klang doch jetzt wirklich glaubwürdig! So was hätte auch aus Danielles Mund kommen können!

„Oh Gott!" Moritz verdreht die Augen. „Ihr Mädchen habt doch echt alle 'nen Knall!"

Ich lächele noch zufriedener. Er hat's mir tatsächlich abgekauft. Unfassbar, aber – super!

Und da hab ich doch gleich noch eine Superidee! „Ähm, Moritz, jetzt, wo du schon mal hier bist … Hast du vielleicht Lust, mit nach Newquay zu kommen? Es wäre nämlich echt klasse, wenn du mir – ähm – tragen helfen könntest."

„Bei einer Nachttischlampe?"

„Na ja … Es sind noch ein paar mehr Sachen, weißt du?"

Perfekt! Ich nehme ein Taxi zum Flughafen – wenn Moritz bei mir ist, ist das bestimmt okay. Und am Flughafen wird mir schon was einfallen, warum ich nicht sofort mit ihm ins College zurückkann … Vielleicht weil die Lampe einen Ton zu hell für die Tapete ist und ich lieber selbst eine in Hamburg aussuchen will? Hihihi, allmählich werde ich gut im Ausdenken der affigsten Sachen!

Moritz schüttelt den Kopf. „Ehrlich, wenn ich das in Deutschland jemandem erzählen würde, der würde es nicht glauben. Ihr Mädels im Cornwall College tickt doch nicht ganz richtig!" Er guckt mich halb mitleidig, halb amüsiert an. „Und wenn der heilige Farbton deiner Lampe nicht der richtige ist?"

Hui – kann der Gedanken lesen??? Erschreckend.

Aber gut. Ich schaue ihn mit ängstlichem Gesichtsausdruck an. „Du meinst, der Anwalt könnte die falsche Lampe gekauft haben? Oh, bitte sag das nicht! Das wäre ja schrecklich!"

Moritz sieht nicht sehr überzeugt aus. „Echt, Cara, ich werde das Gefühl nicht los, du willst mich veräppeln, hm?"

„Nein, nein, nein!" Diesmal ist meine Verzweiflung echt. Ich brauche Moritz doch! Wieder werfe ich einen schnellen Blick über die Rückenlehne. „Du wirst ja sehen, wenn wir zum Flughafen kommen: Unser Anwalt, also mein Guardian, heißt David Dunbar! Ich schwöre dir, er kommt. Vielleicht ist er sogar schon da."

„Und warum guckst du dich bitte die ganze Zeit um?"

Ich schaue ihn aus großen Augen an.

„Es war komisch", sage ich, ohne nachzudenken. „Ich dachte, ich hätte diesen schwarzen Van schon wieder gesehen."

Nun guckt auch Moritz durchs Heckfenster.

Da ist der Mini. Dahinter ein blauer Vauxhall, dahinter ein silberner BMW und dahinter ist … nichts.

Wo ist der Van hin?

„Echt, Cara!", ist Moritz' einziger Kommentar. „Du guckst zu viele Krimis!"

Ein Texas-Huhn
im Dartmoor

Lass uns endlich frühstücken gehen! Redruth ist echt ein voll verschlafenes Nest, aber irgendwas werden wir schon finden." Moritz lächelt unternehmungslustig, als wir endlich angekommen sind, und lässt seinen Blick über den kleinen menschenleeren Dorfplatz wandern.

„Mein Magen knurrt …"

„Spinnst du?" Ruhig, Cara! Sei nett zu ihm!

Magenknurren hab ich auch. Aber aus anderen Gründen. An so was wie Essen kann ich nicht mal denken.

Moritz' Gesicht verfinstert sich.

Ich versuche es sanfter. „Äh, sorry, Moritz, aber ich muss doch so schnell wie möglich nach Newquay, deswegen … ähm, vielleicht können wir uns einfach nur ein Sandwich irgendwo holen?"

„Deine blöde Lampe wird ja wohl ein halbes Stündchen warten können", grunzt Moritz.

NEIN! Kann sie nicht! Fast muss ich heulen.

Da piept mein Handy. Bestimmt eine SMS von Nana.

„Bitte, Moritz! Wir MÜSSEN nach Newquay!"

„*Du* musst", gibt Moritz schroff zurück. „Ich muss nichts. Und schon gar nicht muss ich mich den ganzen Sonntag von dir anraunzen lassen und mir in Bussen den Hintern platt sitzen."

Ich sehe ihn so flehend an, wie ich kann. Und das ist nicht gespielt! „Bitte", wiederhole ich, „bitte."

Moritz grunzt genervt. „Vorhin wolltest du mich nicht mal dabeihaben und jetzt kannst du kein kleines Nachttischlämpchen allein ins Internat transportieren?" Das Lachen ist ihm wieder vergangen. „Echt, Cara, irgendwas stinkt hier!"

„Ich mach's wieder gut", verspreche ich verzweifelt.

Nun heult auch Moritz' Schauerhandyton wieder los.

„Ich glaub's nicht!", grinst Moritz, als er seine SMS gelesen hat. „Sie haben Judy gefunden."

„Echt?" An Judy hab ich, ehrlich gesagt, gar nicht mehr gedacht.

Moritz guckt mich mit weit aufgerissenen Augen an. „Eden schreibt, sie ist gekidnappt worden!"

„Was?" Judy? „Gekidnappt?"

Moritz nickt und scrollt seine SMS weiter runter. „Was für eine Story! Judy behauptet, gestern Nacht auf dem Weg von Brockhampton St. Johns zurück zum College von zwei Männern in ein Auto gezerrt worden zu sein. Die wollten Lösegeld."

Ich muss schlucken. Mein Hals ist schon wieder ganz trocken vor Schreck. „Und … und … wie ist sie wieder freigekommen?"

„Eden schreibt, sie ist im Dartmoor gefunden worden. Angeblich ist sie da heute am frühen Morgen ausgesetzt worden, mitten in der Wildnis. Und es hat ein paar Stunden gedauert, bis sie endlich eine Farm mit einem Telefon gefunden hat. Das Handy hatten ihr die Entführer anscheinend abgenommen."

„Aber … aber …" Ich bin sprachlos. „Wieso wird sie erst gekidnappt und dann wieder freigelassen?"

Moritz nickt. „Ich sag ja, komplett verrückte Story! Wahrscheinlich hat sich das Texas-Huhn alles nur selbst ausgedacht, um ein bisschen aufzufallen …" Er grinst. Doch dann legt er die Stirn in Falten. „Auf der anderen Seite … Wie soll sie den weiten Weg von uns bis zum Dartmoor allein gekommen sein?"

Ich bin völlig verwirrt. „Aber habt ihr denn gestern Abend gar nicht gemerkt, dass sie fehlt?"

Moritz zuckt mit den Schultern. „Also, abgezählt haben wir die Weiber nicht. Und ob das Texas-Huhn dabei war oder nicht, daran kann ich mich echt nicht erinnern."

Ich gucke ihn zweifelnd an.

Mein Bauch sagt, dass an der Entführungsgeschichte mehr dran ist, als mir lieb ist. Judys Eltern haben bestimmt eine Menge Geld. Lösegelderpressung könnte also durchaus ein Motiv gewesen sein.

Aber gibt es so einen Zufall?

Und warum lassen die Entführer sie dann wieder frei? Das ergibt keinen Sinn.

Außer, die Entführer dachten … ja, außer, sie dachten …

Mir wird schlecht.

Schluss!, befehle ich mir selbst, bevor ich vor Panik noch durchdrehe. Ruhig bleiben! Zum Flughafen! Bloß weg hier! In diesem Moment piept mein Handy schon wieder. Und eine Sekunde später noch mal.

Im Speicher sind bereits zwei SMS von Nana.

`Wo bist du? Melde dich! David ist schon am Flughafen.`

Und:

`WO BIST DU? MELDE DICH!`

Ich muss ihr unbedingt antworten.

Die dritte – reichlich lange – Nachricht ist von Pippa.

Hi Cara, das glaubst du nie: Judy ist gestern Abend auf der Wiese neben der Straße entführt worden. Beim Pinkeln – grins! Und die anderen haben es nicht mal gemerkt. Aber das Dickste ist: Sie ist ins Dartmoor verschleppt worden, dort sollte sie ihre Großmutter anrufen und die sollte dann sofort 25 Millionen Euro einfliegen lassen. FÜNFUNDZWANZIG! Geht's noch? Und das Bescheuertste ist: Judy HAT GAR KEINE Großmutter mehr. Dann haben sie ihr wohl noch reichlich Fragen gestellt und sie dann plötzlich freigelassen. Ohne dass ihr Vater auch nur einen Dollar zahlen musste. Jetzt warten wir alle, dass sie zurückkommt, im Moment sitzt sie noch bei der Polizei in Plymouth.

Wo bist DU? Hettie sagt, du wolltest nach Truro? Ben sagt, du bist MIT MORITZ UNTER-WEGS …??? Kommt zurück! Ihr verpasst hier 'ne Menge! Eden und ich haben unsere Flugstunde abgesagt. Machen wir jetzt nächste Woche. Das hier ist zu cool! Doppelgrins! XXX

Puh!

Ich lasse mich erschöpft auf eine Bank sinken und merke, wie mir die Knie zittern. Wackelpudding ist nichts dagegen. Was passiert eigentlich mit mir, wenn ich jetzt einfach umkippe? In Ohnmacht falle? Wäre ich in einem Krankenhaus sicher?

Ich kann vor Panik kaum atmen. Geschweige denn denken. Nur eins weiß ich: Ich muss sofort nach Newquay!

„Was ist denn jetzt schon wieder passiert?", fragt Moritz. „Lampen ausverkauft?"

Ich atme tief durch.

„Nee, war von Pippa", keuche ich. „Sie schreibt das Gleiche wie Eden."

Zumindest fast. Den Rest erzähle ich Moritz besser nicht, sonst zählt der eins und eins zusammen. Und er hat bestimmt keine Lust, meinen Bodyguard für irgendwelche Entführer zu spielen …

Ich springe auf und haste hinüber zum Busfahrplan.

Mist, hier sind so viele verschiedene Buslinien aufgelistet! Es fällt mir schwer, mich zu konzentrieren.

Moritz trottet übellaunig hinter mir her.

„Cara, ohne Scheiß, ich will jetzt in Ruhe frühstücken gehen."

Frühstück? Mein Magen ist ein einziger Angstklumpen.

Ohne Moritz an meiner Seite würde ich vermutlich durchdrehen.

„Komm, bitte!" Ich sehe ihn flehend an. „Ich verspreche dir auch das beste Frühstück von England. In Newquay. Da erklär ich dir alles. – Guck! Der Bus geht in einer halben Stunde." Mist, noch so lange!

„Das heißt, es gibt noch was zu erklären?", fragt Moritz und guckt mich direkt an.

(Uff, das Blau in seinen Augen ist wirklich ziemlich blau!)

Das ist mir alles zu viel.

Ach, Nana, wie lange hast du schon von diesen Drohungen gegen mich gewusst? Warum hast du all das von mir ferngehalten?

„Hallo? Antwortest du mir vielleicht mal?" Moritz' Augen funkeln jetzt noch dunkelblauer. Sein Ton klingt kühl. Er schnaubt. „Weißt du was, Cara? Mir ist der Appetit vergangen. Mach doch, was du willst. Ich fahr jetzt zurück zum College und dann ist für mich dieses dämliche Roadmovie beendet."

Panik kriecht wie eine fiese Schlange in mir hoch. „Aber …! Nein, Moritz, bitte …!"

Ich merke, dass ich vibriere. Mein ganzer Körper zittert. Jetzt nicht durchdrehen! Du bist stark, du bist stark, du bist stark!, versuche ich mich selbst anzufeuern.

Ich hätte wirklich etwas essen sollen. Auf einmal werden mir die Knie weich.

Moritz kann mich gerade noch auffangen. Dann löse ich mich und stolpere auf die Bank.

Sah sein Blick besorgt aus, als er für einen Moment meine Hand hielt? Bleibt er vielleicht doch …?

„Ich geh dann mal", sagt er schroff und deutet rüber auf die andere Straßenseite, an der ein Bus mit der Aufschrift BROCK'TON ST JOHNS parkt. „Da ist mein Bus."

Und dann bin ich allein.

Redruth ist doch kein so verschlafenes Städtchen

Ich fühle mich plötzlich mutterseelenallein auf der Welt. Als ob ich körperlich abgetrennt wäre von allem um mich herum. Von den paar Menschen, die die Straße entlanggehen. Von den vereinzelten Autos, die vorbeifahren.

In der Menge untertauchen ... Von wegen.

Stark sein, stark sein!

Einatmen, ausatmen.

Angst ist okay, aber sie darf dich nicht lähmen. Handeln!

Was ist der nächste Schritt?

Der Bus, ja. Der Bus nach Newquay.

Piep!, macht mein Handy.

Schon wieder eine SMS von Nana:

Wo bist du, Angie? MELDE DICH! BITTE!

Ich tippe zurück:

Alles ok. Auf dem Weg. xxx

Als ich aufschaue, sehe ich, wie der Bus nach Brockhampton St. Johns abfährt. Mit Moritz. Die Haltestelle, die das große Gefährt freigegeben hat, ist jetzt leer. Absolut Menschen-Moritz-leer.

Ich versuche, ihn im Inneren des Wagens zu entdecken, aber die Sonne scheint mir in die Augen, so dass ich nichts sehen kann. Ob er mich sehen kann?

Ich atme tief durch, als der Bus am Ende der Hauptstraße um die Ecke biegt. Was mag Moritz von mir denken? Auf jeden Fall, dass ich schwer einen an der Marmel hab. Ach, wenn er nur wüsste! Ob er dann geblieben wäre?

Ich fahre mit einem Schrei herum, als mich jemand an der Schulter antippt. „Waaaaah!"

Es dauert mindestens drei Sekunden, bevor mein Hirn begreift, dass da nur eine alte Dame mit Krückstock steht – und keine bedrohlichen Männer. Ich fürchte, ich starre die arme Frau an, als wäre sie Godzilla höchstpersönlich.

„Oh dear! Bitte entschuldigen Sie, ich wollte Sie nicht erschrecken!" Die Dame sieht nun beinahe genauso erschrocken aus. „Ich wollte nur … Ich kenne mich hier nicht aus und wollte fragen, ob Sie vielleicht wissen, wo der Bus nach Brockhampton hält."

„Dort drüben", hauche ich und deute über die Straße. „Er ist leider gerade abgefahren."

„Ah", macht die Dame. „Na, dann werde ich wohl noch einen Kaffee trinken gehen, bevor der nächste kommt."

Sie nickt mir freundlich zu und steuert dann weiter unten an der Straße einen kleinen Coffee-Shop an.

Vielleicht sollte ich einfach mitgehen? Vielleicht sollte ich einen auf Verlorenes-kleines-Mädchen machen und ihr nicht von der Seite weichen? Aber was könnte so ein kleines Persönchen wie sie schon gegen echte Gefahr ausrichten? Vermutlich könnte die mich nicht mal vor dem Angriff eines Chihuahuas schützen.

Trotzdem – besser, als hier allein rumzusitzen. Ich setze mich in Gang und eile ihr hinterher.

Mir ist immer noch etwas schwummerig. Da, ein kleiner Supermarkt! Ob ich mir schnell ein Sandwich hole?

Im Gehen gucke ich durch die Scheiben. Und – huch? – traue meinen Augen nicht. Ist das da Carl?

Ein Mann starrt von innen aus dem Supermarkt direkt zu mir hinaus. Na klar, das IST Carl! Was macht denn unser Fahrer hier? Hat Nan ihn etwa herbeordert, um mich abzuholen?

Quatsch, wie sollte er wissen, dass ich in Redruth bin?

Aber egal! Ein Felsbrocken plumpst mir von der Brust! Erleichtert winke ich ihm zu – wie schön, endlich ein vertrautes Gesicht zu sehen, wie schön, nicht mehr allein zu sein! Da dreht er sich weg und spricht in sein Handy.

Er muss mich doch gesehen haben!

Oder war er das womöglich gar nicht?

Ich renne zum Eingang und gucke in das Geschäft. Komisch. Kein Kunde mehr zu sehen. Lediglich an der Kasse steht ein lehmstiefeliger Farmer, dick beladen mit Hundefutter. Wo ist denn Carl oder wer immer das eben war, so schnell hin?

Ich bin verwirrt. Oje. Vielleicht bin ich wirklich schon so durch den Wind, dass ich spinne. Vielleicht war da überhaupt keiner? Vielleicht habe ich schon Halluzinationen? Hilfe!

Eilig renne ich wieder aus dem Laden und haste der alten, langsam vor sich hin humpelnden Dame hinterher. Ich komme ihr so nah, dass ich fast schon ihren Mantel vor mir hätte greifen können, als ich das grässliche Quietschen neben mir höre. Automatisch drehe ich mich um und sehe …
den schwarzen Van!

Er parkt mit laufendem Motor halb auf dem Gehweg, beide Autotüren aufgerissen.

Ich bin schockgefroren. Unfähig, mich auch nur einen Millimeter zu bewegen, während die zwei Männer auf mich zulaufen. Ein großer und ein kleiner.

Die ganze Szene dauert keine fünf Sekunden. Die Männer zu erkennen und ihren rohen Griff an meinen Armen zu spüren, scheint ein und derselbe Moment zu sein. Ich bin so überrumpelt, dass ich nicht mal im Ansatz Widerstand leiste.

„Ins Auto, Mädchen!", brüllt der Riese. „Los!"

Da meine Beine versagen, schleifen die Männer mich mehr oder weniger zu dem wenige Meter entfernten Auto. Mein bisschen Gewicht macht ihnen nicht die geringste Mühe.

Schreien!, denke ich. Du musst jetzt laut um Hilfe schreien! Aber es kommt kein Laut aus meiner Kehle.

Ich registriere, dass plötzlich noch ein dritter Mann von irgendwoher heranläuft und sich ans Steuer setzt. Ja, gibt's das? Ist das nun doch …? Das ist Carl! Ich hab also nicht gesponnen!

Ich will meinen Mund erfreut öffnen. Carl! Er wird mir helfen! Er klaut denen einfach ihr Auto. Was für eine prima Idee! Oh, guter Carl! (Ich hätte am Flughafen doch netter zu ihm sein sollen.)

Carl weicht meinem Blick aus. Konzentriert schaut er durch den Rückspiegel zu, wie die Männer versuchen, mich auf die hinteren Sitze des Vans zu bugsieren. Ich versuche jetzt doch, mit aller Kraft Widerstand zu leisten. Ich will da nicht rein – NEIN!

Und dann spüre ich plötzlich, wie sich der Griff um meine Arme lockert. Gleich danach ganz loslässt. Schnell winde ich mich wieder aus dem Wagen und …

… kann es nicht glauben.

Moritz! Da ist plötzlich Moritz!

In der gleichen Sekunde taumelt der Mann neben mir, während Moritz sich mit finsterem Gesicht seine rechte Faust reibt. Hat er dem Typen etwa einen Kinnhaken verpasst? Und wo kommt er überhaupt her?

Der Große hastet von der anderen Autoseite heran. Hilfesuchend drehe ich mich zum Fahrersitz.

„Carl!", rufe ich.

Stattdessen höre ich, wie unser Fahrer knirschend den Rückwärtsgang einlegt. Und schon fährt er mit vollem Karacho runter vom Gehweg, legt gleich danach krachend den Vorwärtsgang ein und schießt die Straße entlang, als wäre Interpol hinter ihm her.

Doch ich bekomme Hilfe – von woanders her. Ein langer Stock schlägt hemmungslos zu und klopft den Riesen windelweich.

Donnerwetter! Gnadenlos drischt die Besitzerin des Stockes auf den Kerl ein.

„Machen Sie, dass Sie wegkommen, Sie Rüpel!"

So ein zierliches Persönchen! Doch ihr Gesicht zeigt Empörung und Entschlossenheit. „Lümmel! Bastard! Was erlauben Sie sich! Weg hier! Lassen Sie das Mädchen in Ruhe!" Die Männer scheinen das allmählich ebenfalls für eine gute Idee zu halten. Besonders, seit Carl auch noch mit dem Wagen abgehauen ist. Sie nehmen die Beine in die Hand und rennen die Hauptstraße hinunter.

Die Polizei, die ein anderer Passant gerufen haben muss, kommt etwa drei Minuten später. Ich sitze inzwischen platt auf dem Gehweg und versuche, wieder zu mir zu kommen. Die alte Lady hat da weniger Schwierigkeiten.

„Na, na, Lovey!" Sie klopft mir aufmunternd auf die Schulter. „Ist ja alles noch mal gut gegangen, hm? Nun wollen wir aber nicht schlappmachen, wie?"

Ich versichere mit noch etwas zittriger Stimme zum etwa hundertsten Mal, wie dankbar ich ihr bin.

„Fiddlesticks!", gibt die Dame resolut zurück. „Das hätte doch jeder an meiner Stelle getan. Hier, dieser junge Mann hier …", sie klopft zur Abwechslung Moritz auf die Schulter, „… der verdient Respekt! Sie hätten ihn eben laufen sehen sollen! Wie ein Blitz ist er an mir vorbeigefegt! Erst seinetwegen bin ich überhaupt auf die scheußliche Szene aufmerksam geworden. Und wie er sich dann auf diesen schrecklichen Verbrecher stürzte! Alle Achtung! Und dieser Kinnhaken!" Sie sieht Moritz beinahe verliebt an. „Also wirklich, das sind junge Männer, die England braucht!"

Ich sage ihr lieber nicht, dass Moritz Deutscher ist.

Moritz findet das anscheinend auch nicht besonders wichtig. Er lächelt geschmeichelt, reibt sich aber immer noch seine rechte Faust.

Dann guckt er zu mir runter. Mit einem Blick, den ich nun echt nicht mehr deuten kann.

Ist er genervt? Überrascht? Ist das verhaltene Wut? Oder ist da so was wie Mitleid in seinen Augen?

Moritz atmet tief aus. „Mann, Cara!"

Ich versuche mal ein zaghaftes Grinsen. „Also, sooo verschlafen ist Redruth dann doch nicht, oder?"

Moritz schüttelt bloß den Kopf und wiederholt immer wieder: „Mann, Cara! Mann, Mann, Cara!"

Zwei Medaillen
und keine Nachttischlampe
weit und breit

Wieso warst du überhaupt noch hier?", frage ich eine Stunde später, als wir nach einer langen Protokollaufnahme im Warteraum des kleinen Polizeireviers von Redruth sitzen. „Ich hab dich doch wegfahren sehen." Moritz lacht. „Nein, das hast du nicht. Du hast nur den Bus abfahren sehen. Ich war nicht drin."

Ich gucke ihn verblüfft an. „Aber da war doch niemand mehr an der Haltestelle ..."

„Ich hab mich versteckt."

„Was? Aber ... ich verstehe nicht. Du warst doch total genervt. Ähm, zu Recht natürlich, ähm, ich meine ... Also, jedenfalls wolltest du doch unbedingt zurück ins College, oder?"

Moritz nickt. „Ja, schon. Aber andererseits hast du einen reichlich verstörten Eindruck gemacht. Und, okay, ich hab zwar nicht gerade das hier erwartet, aber … Ach, ich glaube, ich wollte einfach wissen, was los ist, und hatte deshalb vor, dir hinterherzuschleichen."

„Wofür ich dir mein Leben lang dankbar sein werde", rutscht es mir heraus.

Ist mir egal, wie schmalzig sich das anhört. Ich meine es genau so. Von Anfang an war ich nur zickig zu Moritz. Und er hat mich trotzdem nicht im Stich gelassen. Ohne ihn säße ich jetzt hilflos in dem schwarzen Van auf der Fahrt nach irgendwo … ich will gar nicht darüber nachdenken!

Moritz guckt zu Boden. Dem Großmaul hat es die Sprache verschlagen. Er stochert mit seiner Schuhspitze an einer kaputten Fliese herum.

„Schon gut", murmelt er.

Dann dreht er sein Gesicht ein klein wenig. Schräg von unten grinst er zu mir hoch. „Kleine Fische!", raunzt seine Angeberstimme wieder etwas vertrauter.

Da muss ich das erste Mal an diesem Tag aus vollem Herzen lachen.

„Oho!", wundert sich der Polizeibeamte, der gerade in den Raum kommt. „Das nenn ich tapfer! Wir haben den Schreck schon verdaut?"

Den Schreck verdaut? Nein, das nicht gerade. Das wird wohl noch eine Weile dauern. Aber es ist schön, wenigstens einen Teil davon weglachen zu können.

Als die Polizeibeamten uns nach einer Beschreibung des Wagens fragen, fällt mir natürlich nichts anderes ein, als dass der Van schwarz gewesen ist. Die alte Dame hat immerhin die Automarke erkannt. Aber Moritz – der kluge Moritz – rattert das Kennzeichen herunter, als hätte er in seinem Leben nichts anderes getan, als in Krisensituationen nervenstark zu bleiben und sich Buchstaben und Nummern einzuprägen.

„Die kriegen wir", versprechen die Beamten daraufhin sofort.

Als ich endlich Nan anrufe (ohne dass Moritz mithören kann), braucht die nur noch ganz kurz ihr Riechsalz (es gibt Situationen, wo sogar meine Großmutter die Contenance verliert) und japst auch nur ein klitzekleines bisschen vor Aufregung.

„Ich nehme einen Helikopter" ist das Letzte, was sie sagt. „Ich bin schon in London und in spätestens einer Stunde bei dir."

Auch David Dunbar teilt mir mit, dass er sich in Newquay einen Wagen genommen hat und in einer knappen Dreiviertelstunde hier sein wird. Alles gut also.

„Um dir deine Nachttischlampe zu bringen?", fragt Moritz sehr zur Verwunderung der Polizisten.

„Welche Nachttischlampe?", fragt der Beamte.

Und auch die alte Dame guckt verwirrt. „Was hat denn eine Lampe mit einer Entführung zu tun?"

Moritz grinst.

Ich laufe rot an. „Och – ähm – gar nichts." Ich lächele entschuldigend in die Runde. „Moritz hat da nur was falsch verstanden. Wir sprachen vorhin über die Einrichtung in unserem Internat."

„Ah", sagt der Polizeibeamte höflich.

Moritz grinst noch mehr. „Echt, Cara!"

Als wir dann im Präsidium sitzen und die Männer unsere Personalien aufnehmen, komme ich natürlich wieder ins Schwitzen.

„Name ... Cara Winter", schreibt ein Polizist fleißig. „Geboren?"

„In Hamburg", antwortete ich.

„Wohnhaft?"

Nana – Hilfe! – warum bist du nicht hier?

„Wohnhaft?"

„Cornwall College, Brockhampton Castle, Brockhampton St. Johns, Cornwall", probiere ich es mal.

„Nein, deine Adresse von zu Hause", beharrt der Polizist.

Moritz beobachtet mich schon wieder sehr interessiert.

„Die – äh – na, so was! Die hab ich vergessen." Ich zucke mit den Schultern.

„Vergessen?", fragt der Polizist ungläubig.

„Ja, ich …" Ich muss gar nicht schauspielern, um blass und verwirrt zu wirken. „Ich glaube, ich habe einen … äh … Schock?", piepse ich. „Ja, es ist alles weg." Wieder zucke ich mit den Schultern. „Ich erinnere mich einfach nicht."

Der Beamte guckt mich schräg an. „Nun, schön, wir werden auf Ihre Großmutter warten. Und für Sie rufe ich besser einen Arzt."

„Ach, nein danke", versichere ich schnell, „ich glaube, ich brauche einfach nur etwas Ruhe."

Danach sind Moritz und die mutige alte Dame an der Reihe, die jetzt eine Medaille für herausragende Zivilcourage bekommen werden.

„Ah, Fiddlesticks!", ist der einzige Kommentar der Lady. „Was brauche ich eine Medaille auf meinem Kaminsims? Einstauben tut da schon genug."

Aber sie wird trotzdem eine bekommen. Und Moritz auch. Was ich ihm von Herzen gönne, ABER … was ihn in eine schwierige Position bringen könnte. Er darf nämlich natürlich von alldem niemandem und absolut NIEMANDEM erzählen! Ich weiß genau, dass Nana mich ohne meine Deckung nicht ins Cornwall College zurückgehen lassen wird. Und das will ich aber! Jetzt erst recht!

Cara muss ein Recht haben zu leben. Normal zu leben!

Der Polizist händigt uns Zettel aus. „Wenn Ihre Großmutter eintrifft, soll sie sich bitte sofort melden."

Ich nicke brav. Ich schätze, Nan wird das alles wieder richten. Sie hat da so ihre Methoden.

Nan und David kommen fast gleichzeitig an. Zwei Minuten nachdem ich Nanas aufgeregte Stimme im Vorraum hören konnte, stoppt ein Auto mit lautem Quietschen vor dem Haus. Ich muss lächeln. Ohne Zweifel der sportliche Fahrstil von David Dunbar!

„Kann ich Sie bitte unter vier Augen sprechen?" ist das Erste, was Nan zu dem Polizeibeamten sagt.

Es werden dann zehn Augen, denn Dunbar und ich gehen ebenfalls in das kleine Zimmer mit hinein. Außerdem sitzt dort noch eine Polizistin, die mitschreibt.

„Mein Name ist Enid Catherine Hatherley-Brompton, geborene Bentley-Rutherford", legt Nana los. „Und dies hier ist meine Enkelin Anna-Louise Norden." Sie macht eine kleine bedeutungsvolle Pause und schaut den Beamten dann beinahe warnend an. „Ich hoffe, Sie wissen, was ich Ihnen damit gesagt habe!"

Der arme Polizist aus dem kleinen beschaulichen Redruth

im abgelegensten Zipfel von England, Cornwall genannt, scheint das leider nicht zu wissen.

„Dass Ihre Enkelin hier falsche Angaben gemacht hat und überhaupt nicht Cara Winter heißt?", entgegnet er unwirsch.

Nana sieht aus wie Ihre Majestät höchstpersönlich. Ihr sowieso schon kerzengerader Rücken versteift sich noch etwas mehr. Den unwissenden Polizisten würdigt sie keines Blickes.

Stattdessen wendet sie sich an unseren Anwalt. „David? Würdest du so freundlich sein und übernehmen?"

Und das tut er.

„Anna-Louise ist die Alleinerbin des Norden-Konzerns. Sie kennen sicherlich das Möbelportal nordoo? Und die Möbelhauskette?" David nickt zu dem Mobiliar im Raum. „So wie es aussieht, sitzen Sie selbst gerade auf einem nordoo-Stuhl."

Das scheint den Mann nun doch ein wenig zu beeindrucken. Ein wenig unentschlossen rutscht er hin und her.

David erklärt routiniert weiter, dass ich unter einem Pseudonym in England zur Schule gehe, weil das die einzige Chance für mich ist, mich halbwegs normal und frei bewegen zu können. Und wie überaus wichtig es ist, dass dieses Pseudonym auch weiterhin gewahrt bleibt.

Beiden Polizisten steht an dieser Stelle der Mund bereits sperrangelweit offen. Ich kann mir ein kleines Grinsen nicht verkneifen.

„Angie!", ermahnt mich Nana sofort kaum hörbar. „Contenance!"

Den Namen „Cara Winter" habe ich mir selbst ausgesucht. Cara ist der Kosename, mit dem mich Mum immer rief. Es ist schön, so zu heißen. Und Winter ist ein kleiner Gag. Sozusagen als Anlehnung an Norden. Und außerdem ein Name, der häufig genug vorkommt, um Nachforschungen im Internet oder sonst wo schwierig zu machen. Cara Winters wird es sicher eine Menge auf der Welt geben. Ein unauffälliger Name also.

Es klopft an der Tür und ein junger Polizist kommt aufgeregt herein. „Wir haben sie! Den Wagen konnten wir kurz vor Plymouth stoppen. Der deutsche Fahrer wird noch verhört. Die anderen beiden haben wir schon unten in Camborne geschnappt. Anscheinend haben sie versucht, per Anhalter zu flüchten."

Er sieht äußerst zufrieden aus.

Stolz dreht er sich zu uns um. „Damit wäre der Fall dann gelöst. Sie sehen, bei uns in Cornwall werden Verbrechen zügig aufgeklärt."

„Moment!" Nana sieht nicht ganz so zufrieden aus. „Was

meinen Sie mit deutscher Fahrer? Wir wurden von einer internationalen Bande erpresst. Schon seit Monaten."

Ich schlucke. Versuche aber tapfer, mir nichts anmerken zu lassen. Es gab also wirklich schon seit langer Zeit Entführungsdrohungen gegen mich. Und Nana sagt mir kein Wort!

„Nun …" Der junge Beamte guckt auf seinen Computer. „Der Fahrer ist deutscher Nationalität. Er …"

Ich schlucke noch mal.

„Carl", unterbreche ich dann und gucke zu meiner Großmutter rüber. „Es war Carl. Er hat das Auto gefahren."

„Waaas?"

Dear, oh dear! Nana verliert schon zum zweiten Mal an diesem Tag ihre Contenance!

Sofort reißt sie sich wieder zusammen, strafft die Schultern und versucht, sich unter Kontrolle zu kriegen. „Es war Carl?"

Sie wechselt einen schnellen Blick mit Dunbar.

Dann schüttelt sie erschüttert den Kopf. „Aber dann … dann …"

Auch David sieht ziemlich verblüfft aus. „Dann war es gar nicht Miss Gwynn, die Informationen über Angies Aufenthaltsort ausgeplaudert hat …"

„Natürlich war es nicht Miss Gwynn!", rufe ich. „Wie konntet ihr nur so etwas denken!"

„Angie!", ermahnt mich Nana.

„Nein, Nana!", widerspreche ich ihr heftig. Fast fange ich an zu heulen. „Schluss mit Angie! Und ich werde mich auch nicht beruhigen! Wie hast du glauben können, Miss Gwynn könnte etwas tun, was mir schadet?"

Nana sieht plötzlich nicht nur erschüttert, sondern richtig traurig aus. „Ach Angie, Kind!" Einen Moment sitzt sie eingesunken auf ihrem Stuhl. Dann strafft sie den Rücken. „Ich werde mich bei ihr entschuldigen. Ich hoffe, sie kann mir verzeihen und kommt wieder zurück. Good heavens, was habe ich der armen Frau angetan!"

Dann verfinstert sich ihr Gesicht. „Und Carl! Dieser Schurke! Oh, was für ein unverfrorener Schauspieler!" Sie dreht sich zu mir. „Er hat sich kurz nach deiner Abreise zwei Wochen Urlaub genommen. Da wir ihn ja nicht mehr so viel brauchen, hatte ich nichts dagegen. Aber dieser Verbrecher wusste offenbar viel mehr über dich, als uns klar war. Und hat die Informationen verkauft …"

David legt ihr beruhigend die Hand auf die Schulter.

Ich muss schon sagen: So aufgewühlt habe ich meine Großmutter noch nie gesehen. Kein Wunder!

Ich fand Carl, der erst seit einem Jahr für uns arbeitet – nein, gearbeitet hat, denn das ist ja jetzt vorbei –, von Anfang an unangenehm. Er wurde manchmal etwas … hm … beinahe aufdringlich. Hat irgendwie nicht den richtigen Abstand gehalten. Ich musste ihm immer wieder deutlich zu verstehen geben, dass ich keine private Bekanntschaft von ihm bin. Ich bin ganz und gar nicht traurig, dass wir ihn jetzt nie wiedersehen werden.

„Wird er ins Gefängnis kommen?"

„Das möchte ich doch stark hoffen!", erwidert Nana immer noch ziemlich erregt.

Es dauert eine ganze Weile, bis auch die armen Polizisten aus dem kleinen Redruth verstehen, was wirklich passiert ist. Nan und David Dunbar bleiben noch länger in dem Raum, um alles zu regeln.

Ich kann zurück zu Moritz.

Die alte Dame hat sich bereits verabschiedet. Ich habe Nana schon gebeten, meiner Retterin unbedingt ein riesiges Dankeschön zukommen zu lassen. Ähm … und sie bei der Gelegenheit auch darum zu bitten, über den ganzen Vorfall Schweigen zu bewahren. Denn, wie gesagt, ich möchte unbedingt zurück ins Cornwall College.

Und jetzt, wo die Gangster gefasst sind, spricht doch nichts mehr dagegen, oder?

Oh, warum nur habe ich dieses dumme Gefühl, dass für Nana eine ganze Menge dagegen sprechen wird?

Ein Deal und
ein Schuldpfand

Schön, Sie kennenzulernen, Frau Winter." Moritz steht formvollendet auf, als Nan und David endlich aus dem Besprechungszimmer treten.

Der Polizist, der sie begleitet, stutzt. „Ich dachte …?"

Doch ein grimmiger Blick meiner Großmutter bringt ihn zum Schweigen.

„Verstehe", murmelt er leise und macht dann, dass er weiterkommt.

„Freut mich ebenfalls", nickt Nana gnädig Moritz zu. „Und Sie sind?"

„Das ist Moritz Ankermann-Schönfeld", stelle ich ihn schnell vor. „Er kommt auch aus Hamburg. Und er hat mich vor den Entführern gerettet."

„Dafür können Sie gar nicht genug belohnt werden, junger

Mann", versichert Nana ernsthaft. „Bitte lassen Sie uns wissen, wenn wir etwas für Sie tun können!"

Moritz winkt lässig ab. „Ach, das ist doch nicht der Rede wert! Sagen Sie mir einfach Bescheid, wenn Cara mal wieder gerettet werden muss!"

Nana starrt Moritz regungslos an. Sie sieht aus, als könne sie eine weitere Portion Riechsalz vertragen. Ganz offenbar hat ihr dieser Spruch die Sprache verschlagen.

„Das war ein Witz, Nan!", versuche ich schnell, die Situation zu retten. „Moritz macht immer solche Witze."

„Darüber scherzt man nicht" ist der einzige Kommentar meiner Großmutter.

Und damit strebt sie nach draußen zum Wagen von David Dunbar. Anscheinend weiß sie nichts weiter mit Moritz anzufangen. Ich bleibe noch ein paar Minuten bei ihm.

Eigentlich hatte ihn ein Polizist zum College fahren wollen, aber ich konnte Nan davon überzeugen, dass ein Taxi für meine Deckung vielleicht besser sei.

Moritz guckt mich erwartungsvoll an. Ganz offensichtlich erwartet er nun die beste Erklärung der Welt.

„Ich …", fange ich unsicher an, „ich bin dir sooo dankbar, ich …"

„Schon gut", unterbricht mich Moritz, „das sagtest du bereits."

Ich lächele vage. „Also, was ich eigentlich sagen wollte … Meinst du … Also, könntest du dir vorstellen …?"

„Was?", fragt Moritz. „Dafür am nächsten Sonntag mit dir nach Truro zu fahren?"

Nun lächele ich schon etwas breiter.

„Na, dazu wirst du wohl kaum noch mal Lust haben. Nein, ich wollte dich fragen, ob du vielleicht … ob du vielleicht all das heute … ähm, für dich behalten könntest?"

„Wie jetzt?" Mr Cool guckt, als hätte ich inzwischen deutlich mehr als nur ein paar Sprünge in der Salatschüssel.

„Es ist einfach so", setze ich schnell nach, „dass meine Großmutter mir nicht erlauben wird, ins Internat zurückzugehen, wenn all dies hier an die Öffentlichkeit kommt. Sie schätzt Skandale nicht."

„Sie schätzt Skandale nicht?", echot Moritz. „Du wirst beinahe entführt, aber deine Großmutter denkt nur daran, was für ein Skandal das werden könnte?"

„Nein, so meinte ich das natürlich nicht!" Himmel, das ist schwerer, als ich dachte. „Könntest du es trotzdem für dich behalten? Bitte?"

Moritz schüttelt ungläubig den Kopf. „Echt, Cara, so was Verrücktes gibt es nicht mal im Kino! Du wirst beinahe entführt und …" Er hält inne. „Warum wollten die dich eigentlich entführen?"

(Hält der mich immer noch für arm?)

Und dann fällt ihm dummerweise noch was ein. „Und vor allem: Wieso wird Judy praktisch am gleichen Tag entführt wie du?"

Ich zucke mit den Schultern. „Verrückter Zufall, oder?"

Moritz guckt nicht mehr ganz so freundlich. „Du versuchst mich schon wieder zu verarschen, richtig?"

Mist!

Moritz ist natürlich auf der richtigen Spur. Das weiß er auch.

„Da gibt es einen Zusammenhang zwischen dir und Judy, oder?", hakt Moritz nach. Er sieht mich prüfend an.

Ich lächele hilflos.

„Die … die haben euch verwechselt!", ruft er plötzlich. „Klar! Ihr seid gleich groß, habt ähnlich lange Haare …" Er zögert. „Obwohl, wie ein Texas-Huhn siehst du eigentlich nicht aus."

„Danke!" Jetzt muss ich noch mehr lächeln. „Ich nehme das mal als Kompliment."

Moritz sagt nichts. Aber er grinst – und nickt zufrieden. „Genauso war's. Und als sie ihren Irrtum bemerkt haben, haben sie Judy ausgesetzt, mitten im Dartmoor unter fünfhundert Ponys."

Wir müssen beide lachen.

Doch Moritz lässt immer noch nicht locker. „Aber warum wollten sie denn dich lieber als Judy Arnold? Immerhin ist ihr Daddy ein stinkreicher Rinder-King!"

Ich seufze. „Ehrlich, Moritz", und diesmal meine ich es so ernst wie nichts anderes auf der Welt, „ich verspreche, ich werde es dir eines Tages erklären! Aber jetzt – jetzt geht es einfach nur darum, dass meine Großmutter mir erlaubt, im Cornwall College zu bleiben. Bitte hilf mir dabei!"

Ich muss wohl wirklich sehr flehend gucken, denn Moritz fängt wieder mit seinem verlegenen Fußgefummel an.

„Bitte!", setze ich nach.

Moritz lässt sich zu einem Grinsen herab. „Also schön, Cara Winter – du armes Mädchen ohne Geld, aber mit snobby grandmother – ich mach das. Aber du …" An dieser Stelle kneift er blöderweise seine Augen so komisch zusammen, dass das Blau darin fast noch doller strahlt. Was mich – äh – etwas aus dem Takt bringt. „… duuu schuldest mir was! Abgesehen von einer vernünftigen Erklärung!"

„Sowieso!", räume ich aus vollem Herzen ein.

Moritz strahlt von einem Ohr bis zum anderen. „Und dieses Schuldpfand kann ich irgendwann bei dir einlösen? Wann immer ich will?"

Eine kleine Stimme in mir zwitschert aufgeregt, dass mich das kleine Wörtchen „immer" womöglich irgendwann in allergrößte Schwierigkeiten bringen könnte. Aber wer hört schon auf zwitschernde Vögelchen, wenn ein freies Leben in greifbarer Nähe liegt?

Keine Frage, ich greife zu. „Das kannst du!"

„Deal!", sagt Moritz Coolmann-Strahlefeld und streckt mir feierlich die Hand hin.

Ich schlage noch strahlender ein. „Deal! Und DANKE!"

Seebarsch, Aal und Paella

Ja, und jetzt sitze ich mit Nan und David Dunbar an einem Tisch im besten Restaurant von Newquay (jedenfalls behauptet das David) mit weitem Blick über das Meer und stochere in meiner Paella herum.

„Warum du in Cornwall kein Seafood orderst, ist mir ein Rätsel", nörgelt Nana gerade.

„Hier ist doch auch Fisch drin", gebe ich zurück.

Dafür, dass ich gerade meinen Entführern entkommen bin, ist Nana nicht gerade gut gelaunt. Seit einer halben Stunde muffelt sie missmutig über ihrem Seebarsch. Seit genau dem Zeitpunkt nämlich, an dem ich angefangen habe zu bohren.

„Und der Sprachunterricht am Cornwall College ist übrigens auch große Klasse!"

„Das sagtest du bereits", weist mich Nan zurecht.

Also, lange kann ich nicht mehr lächeln!

Mit meiner Großmutter zu streiten, ist ziemlich aussichtslos. Das zeigt meine lebenslange Erfahrung. Was Nan in diesen Momenten Contenance nennt, könnte man auch gut und gern mit Sturheit übersetzen.

„Weil es wahr ist!" Ich bin gut – ich lächele immer noch!

„Du hast doch selbst gesagt, wie wichtig es ist, dass ich mal mit Mädchen in meinem Alter zusammenkomme."

„Hmpf", macht Nan. Dann guckt sie zu Dunbar rüber. „Wie ist dein Aal-Pie, my dear?"

„Ganz ausgezeichnet, Enid, danke!" Er nimmt einen Schluck aus seinem Bierglas. „Hat dein Wein die richtige Temperatur?"

„Nun ja …" Nana kraust ihre Lippen ein wenig abschätzend. „Was den Wein angeht, müssen die hier noch etwas lernen. Aber das Dinner ist durchaus essbar."

Allmählich werde ich leider auch etwas muffelig. „Das Essen im Cornwall College ist auch nicht schlecht."

„Angie!" Nana tupft sich die Lippen mit der Serviette ab. „Jetzt ist es aber langsam gut. Ich habe dir bereits zugesagt, wir werden die ganze Angelegenheit in den nächsten Wochen noch einmal gründlich durchdenken."

„Ich will aber nicht in den nächsten Wochen zurück, Nan, ich will heute Abend zurück! Wenn ich erst in ein paar Wochen wiederkomme, merkt doch jeder, dass irgendwas nicht stimmt. Wenn ich heute Abend aber wieder da bin, wird überhaupt keiner was merken. Ich hab dir doch gesagt: Auf Moritz können wir uns verlassen!"

„Woher willst du das wissen?", gibt David zu bedenken.

„Weil ich es eben weiß", gebe ich trotzig zurück.

Ich weiß es natürlich nicht. Ich kenne Moritz ja kaum. Aber was ich genau weiß, ist, dass ich es auf jeden Fall riskieren will! So gern ich sie auch alle habe: Nana, Miss Gwynn, Frau Singer, Olivier …

Tagein, tagaus nur in unserem großen, sorgfältig abgeriegelten Haus zu sitzen, einmal am Tag in den Pool zu springen und gelegentlich in andere große, ebenso sorgfältig abgeriegelte Häuser zu jetten, um dort in wärmerem Wetter in den Pool zu springen … Nein, das ist doch kein Leben! „Ich will zurück ins Cornwall College, Nana!", wiederhole ich mit fester Stimme. „Noch heute Abend!"

„Hmpf …" Nana lässt ihre Gabel sinken und lehnt sich im Stuhl zurück. „Wunderbar – jetzt ist mir der Appetit vergangen!"

Ich seufze leise und beuge mich zu ihr rüber. Vorsichtig streichele ich ihren faltigen Handrücken. „Nana, bitte!"

Meine Großmutter seufzt wesentlich lauter und tätschelt mit ihrer freien Hand meine, die auf ihrer liegt. „Angie, mein Engel! Es geht mir doch nicht darum, dir Spaß zu verbieten! Es ist nur …"

„Vielleicht könnten wir in diesem kleinen Dorf Brockhampton St. Johns eine Kontaktperson postieren?", schaltet sich nun David Dunbar ein.

Und fügt, als er mein alarmiertes Gesicht sieht, gleich besänftigend hinzu: „Ich meine jemanden, der im Idealfall überhaupt nie in Aktion tritt. Der einfach nur dort lebt und irgendeinen Deck-Job ausübt und eben schon vor Ort ist, falls er mal zeitnah gebraucht wird. Sozusagen als Notfallpaket."

David lächelt Nana aufmunternd an. „Wie wäre das?"

Ich könnte ihn küssen! (Hauptsache, dieser Jemand kommt mir nie in die Quere!)

Nana guckt gequält.

Und immer gequälter.

Ich setze noch einen drauf. „Nana, eines Tages muss ich sowieso alle Entscheidungen selbst treffen. Meinst du nicht, es wäre gut, wenn ich bis dahin gelernt habe, mich in der richtigen Welt zurechtzufinden?"

Nana sieht jetzt aus, als würden ihr alle Gräten ihres Seebarsches gleichzeitig in der Speiseröhre stecken. „Hmmpppp."

Sie tut mir fast leid. „Nana, ich verspreche auch, dich jeden Abend anzurufen!"

Meine Großmutter hebt fast traurig ihren Blick. „Ach Angie, darum geht es doch nicht! Es ist schwer, dich gehen zu lassen. Ich habe Angst um dich. Wir sind nicht irgendwer. Wir gehören ohne Zweifel zu den zehn reichsten Familien Europas. Das ist eine große Verantwortung. Und eine Bürde. Und es kann auch, wie wir heute gesehen haben, eine große Gefahr sein."

„Das weiß ich, Nan", beteure ich sanft. „Ich bin mir dessen bewusst. Deswegen bin ich ja auch als Cara Winter im Internat." Ein Lächeln huscht über mein Gesicht. „Und es macht sooo einen Spaß, Cara Winter zu sein!"

Nana sieht etwas beruhigter aus. „Wie sind denn die anderen Mädchen dort? Nett? Aus guten Familien?"

Oje! Ich glaube, ich erzähle ihr lieber nicht von Danielle und Amy und den ganzen Glitzergirls. Und wilde Ausschweifungen im Park würde Nan wohl auch nicht gerade für ein Zeugnis guter Erziehung halten!

„Och", meine ich stattdessen leichthin, „wie das wahrscheinlich immer so ist. Mit einigen kann ich nicht so viel anfangen. Aber mit ein paar habe ich mich schon richtig gut angefreundet."

Und dann erzähle ich von Pippa und Raine und Bailey und auch von Hettie mit dem Stipendium.

„Alle Achtung", meint Nana anerkennend. „Ich bewundere

das Mädchen! Du kannst dir doch gar nicht vorstellen, wie es ist, kein Geld zu haben." Nein, das kann ich nicht. Ich war ja mein Leben lang umgeben von Privatlehrern und Köchen, Haushälterinnen, Butlern, Gesellschaftern, Fahrern, Gärtnern und vielen, vielen anderen Angestellten.

Wenn ich Lust auf Erdbeeren mitten im Winter gehabt hätte, hätte Nana einen Privatjet losschicken können, um mir Erdbeeren von der anderen Seite der Welt zu holen. Was sie natürlich nie getan hätte – überflüssige Dinge sind für sie ein Zeichen von schlechten Manieren und Dummheit.

Und irgendwie stimme ich ihr da sogar zu. Jedenfalls im Großen und Ganzen. (Im Kleinen würde ich in nächster Zeit doch auch gern mal ein paar total überflüssige Klunkerketten kaufen. Die sahen echt hübsch aus!)

Nana seufzt ein letztes Mal und bestellt sich einen Brandy. Und eine halbe Stunde später haben Dunbar und ich sie tatsächlich so weit: Ich darf zurück aufs Cornwall College. Und mein Eton-Mess-Nachtisch – ein riesiges Glas voller Beeren, Sahne und Baiserstückchen – schmeckt mir so gut wie noch nie!

Ein Zimmer, so klein, aber mein!

Was für ein Tag!

Ich liege in meinem kleinen Zimmer im Cornwall College und fühle mich einfach großartig. Etwa so, als hätte ich einen Riesenfelsbrocken erklommen und könnte mich nun endlich auf dem Gipfel ausruhen. Die monatelangen Drohungen (von denen mir Nan nichts gesagt hatte und die, wie ich nun weiß, auch David Dunbar als unser Anwalt erhalten hatte) sind vorbei, die miesen Kerle gefasst und hinter Gittern. Und ich – ich habe bei Nana durchgesetzt, dass ich hierbleiben darf. Wenn das kein Gipfelsturm ist!

Gut, dieser „Bodyguard" wird in den nächsten Tagen in Brockhampton St. Johns postiert werden, genau wie David Dunbar vorschlug. Ich habe dann seine Adresse und Handynummer und kann ihn Tag und Nacht anrufen. Wahrscheinlicher ist es jedoch, dass ich ihn nicht ein einziges Mal zu Gesicht kriege.

Ich finde ja, der Mann hat den besten Job der Welt: Er wird bezahlt, ohne zu arbeiten. Ich habe nämlich nicht vor, noch mal in Gefahr zu kommen!

Und das wird dann auch schon alles sein an Sicherheitsvorkehrungen. Ich gehe also mal davon aus, dass niemand im College irgendetwas davon merken wird.

Wie fantastisch ist das denn bitte?

Ich kann weiter – nein, endlich richtig – Cara Winter sein! YES!

Hach, ich recke mich genüsslich im Bett und seufze aus tiefstem Herzen! Und das brauche ich noch nicht mal leise zu tun, hihi, denn außer mir ist niemand sonst im Zimmer!

Es klingt vielleicht fies, aber das ist fast das Beste an der ganzen Geschichte! Unsere amerikanische Kuhprinzessin Judy Arnold – die alte Giftnudel – ist nämlich von ihrem Daddy sofort zurück nach Hause beordert worden.

Als Judy bei der Polizei untersucht wurde, hat man festgestellt, dass sie viel zu viel Alkohol getrunken hatte – und das hat Cowboy-Dad gar nicht gefallen.

Er ist am Telefon total ausgerastet, hat die arme Mrs Hampstead noch wild beschimpft (als ob die was für Judys Eska-

paden kann!) und seiner Tochter befohlen, sofort alles zu-
sammenzupacken und zum Flughafen zu fahren.

Und – hach jaaaa! – das beschert mir nun mein Zimmerchen: klein, aber ganz für mich allein!

Natürlich ist im Internat ein wildes Summen und Brum-
men und Rumoren und Gerüchteküscheschmoren im Gan-
ge, warum Judy erst entführt und dann wieder freigelassen
wurde. Doch das ist ein Geheimnis, das nun ungelüftet bleiben wird – was für ein Glück!

Das Einzige, was mir ein klitzeklein wenig Sorge macht, ist
das Schuldpfand, das ich Moritz gegeben habe. Aber was
kann er schon jemals wirklich Schlimmes von mir verlan-
gen? Ich bin mir sicher, was es auch sein wird, es wird kein
zu hoher Preis dafür sein, dass ich hierbleiben darf – bei
meinen Freundinnen, die in den anderen Zimmern friedlich schlummern und die ich schon ganz bald wiedersehen
werde, morgen früh, wenn die gute Matron wieder ihre
Runde dreht ...

Ich luge hinaus in die dunkle Nacht. Die Sterne über Cornwall glitzern und funkeln in dieser wolkenlosen Nacht –
viel, viel schöner als alle Perlen und Pailletten der Glitzergirls zusammen.

Ach, mir wird selbst ganz glitzerig ums Herz. Was ich wohl
noch alles hier erleben werde?

Ich starre eine Weile in den sternenklaren Himmel. Ich glaube … ja, ich glaube, das Gefühl von Freiheit ist eines der stärksten Gefühle überhaupt auf dieser Welt. Wer niemals gefangen war, in was für einem Gefängnis auch immer, wird Freiheit auch niemals zu schätzen wissen.

Ich bin wirklich frei! Ein paar kostbare Jahre lang kann ich den goldenen Käfig von Anna-Louise Norden hinter mir lassen und eine glückliche Cara sein.

Aber wie lange?

Wie lange kann man ein solches Geheimnis bewahren?

Girls, Glitzer und Thrill – es geht weiter!

Cara Winter hat sich auf dem Internat eingelebt. Ahnt Moritz, was sie verbirgt? Kann sie ihm vertrauen? Für Cara beginnen aufregende Zeiten: Zwischen verwöhnten Glamour-Girls, zuckersüßen Flirts und Matheunterricht muss sie lernen, ihren eigenen Weg zu gehen – und kommt einem dunklen Familiengeheimnis auf die Spur …

Annika Harper
Cornwall College
Band 2: Wem kann Cara trauen?
320 Seiten
Gebunden
ISBN 978-3-551-65282-9

www.carlsen.de

Eine Leiche zum Tee

Robin Stevens
Mord ist nichts für junge Damen
288 Seiten
Taschenbuch
ISBN 978-3-551-31740-7

Deepdean-Mädchenschule, 1934. Als Daisy Wells und Hazel Wong ihr eigenes, streng geheimes Detektivbüro gründen, gibt es zuerst gar kein wirklich aufregendes Verbrechen zum Ermitteln. Doch dann entdeckt Hazel die Lehrerin Miss Bell tot in der Turnhalle. Zuerst denkt sie, es sei ein schrecklicher Unfall gewesen. Aber als Daisy und sie fünf Minuten später zurückkommen, ist die Leiche verschwunden. Jetzt sind die Mädchen sicher: Hier ist ein Mord geschehen! Und nicht nur eine Person in Deepdean hätte ein Motiv gehabt.

www.carlsen.de

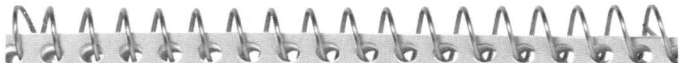

In geheimer Mission

Ally Carter
Gallagher Girls, Band 1:
Spione küsst man nicht
304 Seiten
Taschenbuch
ISBN 978-3-551-31215-0

Die Gallagher Akademie
für hochbegabte junge
Mädchen ist alles
andere als eine gewöhn-
liche Mädchenschule,
denn hier werden die
Top-Agentinnen von
morgen ausgebildet! Doch
was passiert, wenn sich
ein Gallagher Girl in einen
ganz normalen Jungen
verliebt? Cameron
„Cammie" Morgan
beherrscht zwar 14
Sprachen, kann sich wie
ein Chamäleon tarnen und
CIA-Codes knacken, aber
die Gallagher Akademie
hat sie nicht auf das erste
Herzklopfen vorbereitet.
Als sie Josh trifft, wird ihr
Leben komplett auf den
Kopf gestellt …

www.carlsen.de

CARLSEN

Außerdem in der Serie CORNWALL COLLEGE:

Band 1: *Was verbirgt Cara Winter?*

Band 2: *Wem kann Cara trauen?*

Band 3: *Was weiß Cara Winter?* (Juli 2019)

Veröffentlicht im Carlsen Verlag

April 2019

Copyright © 2015, 2019 Carlsen Verlag GmbH, Hamburg

Umschlagbild: Christiane Hahn

Umschlaggestaltung: formlabor unter Verwendung
des Entwurfs von Christiane Hahn

Corporate Design Taschenbuch: bell étage

ISBN 978-3-551-31764-3

CARLSEN-Newsletter: Tolle Lesetipps kostenlos per E-Mail!

Unsere Bücher gibt es überall im Buchhandel und auf carlsen.de.